魯迅作品精選 1

經典新版

吶喊

（含阿Q正傳）

魯迅——著

弄文罹文網
抗世違世情
積毀可銷骨
空留紙上聲

魯迅

出版小引

還原歷史的眞貌——讓魯迅作品自己說話

陳曉林

中國自有新文學以來，魯迅當然是引起最多爭議和震撼的作家。但無論是擁護魯迅的人士，或是反對魯迅的人士，至少有一項顯而易見的事實，是受到雙方公認的：魯迅是現代中國最偉大的作家。

時至今日，以魯迅作品爲研究題材的論文與專書，早已俯拾皆是，汗牛充棟。全世界以詮釋魯迅的某一作品而獲得博士學位者，也早已不下百餘位之多。而中國大陸靠「核對」或「注解」魯迅作品爲生的學界人物，數目上更超過台灣以「研究」孫中山思想爲生的人物數倍以上。但遺憾的是，台灣的讀者卻始終無緣全面性地、無偏見地看到魯迅作品的真貌。

事實上，魯迅自始至終是一個文學家、思想家、雜文家，而不是一個翻雲覆雨的政治人物。中國大陸將魯迅捧抬爲「時代的舵手」、「青年的導師」，固然是以政治手段扭曲了魯迅作品的真正精神；台灣多年以來視魯迅爲「洪水猛獸」、「離經叛道」，不讓魯迅作品堂堂正正出現在讀者眼前，也是割裂歷史真相的笨拙行徑。試想，談現代中國文學，談三十年代作品，而竟獨漏了魯迅這個人和他的著作，豈止是造成半世紀來文學史「斷層」的主因？在明眼人看來，這根本是一個對文學毫無常識的、天大的笑話！

正因爲海峽兩岸基於各自的政治目的，對魯迅作品作了各種各樣的扭曲或割裂；而研究魯迅作品的文人學者又常基於個人一己的好惡，而誇張或抹煞魯迅作品的某些特色，以致魯迅竟成爲近代中國文壇最離奇的「謎」，及最難解的「結」。

其實，若是擱置激情或偏見，平心細看魯迅的作品，任何人都不難發現：一、魯迅是一個真誠的人道主義者，他的作品永遠在關懷和呵護受侮辱、受傷害的苦難大眾。二、魯迅是一個文學才華遠遠超邁同時代水平的作家，就純文學領域而言，他的《吶喊》、《徬徨》、《野草》、《朝花夕拾》，迄今仍是現代中國最夠深度、結構也最爲嚴謹的小說與散文；而他所首創的「魯迅體雜文」，冷風熱血，犀利真摯，抒情析理，兼而有之，亦迄今仍無人可以企及。三、魯迅是最勇於面對時代黑暗與人性黑暗的作家，他對中國民族性的透視，以及對專制勢力的抨擊，沉痛真切，一針見血。四、魯迅是涉及論戰與爭議最多的作家，他與胡適、徐志摩、梁實秋、陳西瀅等人的筆戰，迄今仍是現代文學史上一樁樁引人深思的公案。五、魯迅是永不迴避的歷史見證者，他目擊身歷了清末亂局、辛亥革命、軍閥混戰、黃埔北伐，以及國共分裂、清黨悲劇、日本侵華等一連串中國近代史上掀天揭地的鉅變，秉筆直書，言其所信，孤懷獨往，昂然屹立，他自言「橫眉冷對千夫指，俯首甘爲孺子牛」，可見他的堅毅與孤獨。

現在，到了還原歷史真貌的時候了。隨著海峽兩岸文化交流的展開，再沒有理由讓魯迅作品長期被掩埋在謊言或禁忌之中了。對魯迅這位現代中國最重要的作家而言，還原歷史真貌最簡單、也最有效的方法，就是讓他的作品自己說話。

不要以任何官方的說詞、拼湊的理論，或學者的「研究」來混淆了原本文氣磅礡、光焰萬丈的魯迅作品；而讓魯迅作品如實呈現在每一個人面前，是魯迅的權利，也是每位讀者的權利。

恩怨俱了，塵埃落定。畢竟，只有真正卓越的文學作品是指向永恆的。

自序①

我在年輕時候也曾經做過許多夢，後來大半忘卻了，但自己也並不以爲可惜。所謂回憶者，雖說可以使人歡欣，有時也不免使人寂寞，使精神的絲縷還牽著已逝的寂寞的時光，又有什麼意味呢，而我偏苦於不能全忘卻，這不能全忘的一部分，到現在便成了《吶喊》的來由。

我有四年多，曾經常常，——幾乎是每天，出入於質鋪和藥店裏，年紀可是忘卻了，總之是藥店的櫃台正和我一樣高，質鋪的是比我高一倍，我從一倍高的櫃台外送上衣服或首飾去，在侮蔑裏接了錢，再到一樣高的櫃台上給我久病的父親去買藥。回家之後，又須忙別的事了，因爲開方的醫生是最有名的，因此所用的藥引也奇特：冬天的蘆根，經霜三年的甘蔗，蟋蟀要原對的，結子的平地木②，……多不是容易辦到的東西。然而我的父親終於日重一日的亡故了。

有誰從小康人家而墜入困頓的麼，我以爲在這途路中，大概可以看見世人的真面目；我要到N進K學堂③去了，彷彿是想走異路，逃異地，去尋求別樣的人們。我的母親沒有法，辦了八元的川資，說是由我的自便；然而伊④哭了，這正是情理中的事，因爲那時讀書應試是正路，所謂學洋務⑤，社會上便以爲是一種走投無路的人，只得將靈魂賣給鬼子，要加倍的奚落而且排斥的，而況伊又看不見自己的兒子了。然而我也顧不得這些事，終於到N去進了K學堂了，在這學堂裏，我才知道世上還有所謂格致⑥，算學，地理，歷史，繪圖和體操。生理學並不教，但我們卻看到些木版的《全體新論》和《化學衛生論》⑦之類了。我還記得先前的醫生的議論和方藥，和現在所知道的比較起來，便漸漸的悟得中醫不過是一種有意的或無意的騙子，同時又很起了對於被騙的病人和他的家族的同情；而且從譯出的歷史上，又知道了日本維新⑧是大半發端於西方醫學的事實。

因爲這些幼稚的知識，後來便使我的學籍列在日本一個鄉間的醫學專門學校⑨裏了。我的夢很美滿，預備卒業回來，救治像我父親似的被誤的病人的疾苦，戰爭時候便去當軍醫，一面又促進了國人對於維新的信仰。我已不知道教授微生物學的方法，現在又有了怎樣的進步了，總之那時是用了電影，來顯示微生物的形狀的，因此有時講義的一段落已完，而時間還沒有到，教師便映些風景或時事的畫片給學生看，以用去這多餘的光陰。其時正當日俄戰爭⑩的時候，關於戰事的畫片自然也就比較的多了，我在這一個講堂中，便須常常隨喜我那同學們的拍手和喝采。有一回，我竟在畫片上忽然會見我久違的許多中國人了，一個綁在中間，許多站在左右，一樣是強壯的體格，而顯出麻木的神情。據解說，則綁著的是替俄國做了軍事上的偵探，正要被日軍砍下頭顱來示眾，而圍著的便是來賞鑒這示眾的盛舉的人們。

這一學年沒有完畢，我已經到了東京了，因爲從那一回以後，我便覺得醫學並非一件緊要事，凡是愚弱的國民，即使體格如何健全，如何茁壯，也只能做毫無意義的示眾的材料和看客，病死多少是不必以爲不幸的。所以我們的第一要著，是在改變他們的精神，而善於改變精神的是，我那時以爲當然要推文藝，於是想提倡文藝運動了。在東京的留學生很有學法政理化以至警察工業的，但沒有人治文學和美術；可是在冷淡的空氣中，也幸而尋到幾個同志了[11]，此外又邀集了必須的幾個人，商量之後，第一步當然是出雜誌，名目是取「新的生命」的意思，因爲我們那時大抵帶些復古的傾向，所以只謂之《新生》。

《新生》的出版之期接近了，但最先就隱去了若干擔當文字的人，接著又逃走了資本，結果只剩下不名一錢的三個人。創始時候既已背時，失敗時候當然無可告語，而其後卻連這三個人也都爲各自的運命所驅策，不能在一處縱談將來的好夢了，這就是我們的並未產生的《新生》的結局。

我感到未嘗經驗的無聊，是自此以後的事。我當初是不知其所以然的；後來想，凡有一人的主張，得了贊和，是促其前進的，得了反對，是促其奮鬥的，獨有叫喊於生人中，而生人並無反應，既非贊同，也無反對，如置身毫無邊際的荒原，無可措手的了，這是怎樣的悲哀呵，我於是以我所感到者爲寂寞。

這寂寞又一天一天的長大起來，如大毒蛇，纏住了我的靈魂了。

然而我雖然自有無端的悲哀，卻也並不憤懣，因爲這經驗使我反省，看見自己了：就是我絕不是一個振臂一呼應者雲集的英雄。

只是我自己的寂寞是不可不驅除的，因爲這於我太痛苦。我於是用了種種法，來麻醉自己的靈魂，使我沉入於國民中，使我回到古代去，後來也親歷或旁觀過幾樣更寂寞更悲哀的事，都爲我所不願追懷，甘心使他們和我的腦一同消滅在泥土裏的，但我的麻醉法卻也似乎已經奏了功，再沒有青年時候的慷慨激昂的意思了。

S會館⑫裏有三間屋，相傳是往昔曾在院子裏的槐樹上縊死過一個女人的，現在槐樹已經高不可攀了，而這屋還沒有人住；許多年，我便寓在這屋裏抄古碑⑬。客中少有人來，古碑中也遇不到什麼問題和主義，而我的生命卻居然暗暗的消去了，這也就是我惟一的願望。夏夜，蚊子多了，便搖著蒲扇坐在槐樹下，從密葉縫裏看那一點一點的青天，晚出的槐蠶又每每冰冷的落在頭頸上。

那時偶或來談的是一個老朋友金心異⑭，將手提的大皮夾放在破桌上，脫下長衫，對面坐下了，因爲怕狗，似乎心房還在怦怦的跳動。

「你抄了這些有什麼用？」有一夜，他翻著我那古碑的抄本，發了研究的質問了。

「沒有什麼用。」

「那麼，你抄他是什麼意思呢？」

「沒有什麼意思。」

「我想，你可以做點文章……」

我懂得他的意思了，他們正辦《新青年》⑮，然而那時彷彿不特沒有人來贊同，並且也還沒有人來反對，我想，他們許是感到寂寞了，但是說：

「假如一間鐵屋子，是絕無窗戶而萬難破毀的，裏面有許多熟睡的人們，不久都要悶死了，然而是從昏睡入死滅，並不感到就死的悲哀。現在你大嚷起來，驚起了較爲清醒的幾個人，使這不幸的少數者來受無可挽救的臨終的苦楚，你倒以爲對得起他們麼？」

「然而幾個人既然起來，你不能說絕沒有毀壞這鐵屋的希望。」

是的，我雖然自有我的確信，然而說到希望，卻是不能抹殺的，因爲希望是在於將來，絕不能以我之必無的證明，來折服了他之所謂可有，於是我終於答應他也做文章了，這便是最初的一篇《狂人日記》。從此以後，便一發而不可收，每寫些小說模樣的文章，以敷衍朋友們的囑託，積久了就有了十餘篇。

在我自己，本以爲現在是已經並非一個切迫而不能已於言的人了，但或者也還未能忘懷於當日自己的寂寞的悲哀罷，所以有時候仍不免吶喊幾聲，聊以慰藉那在寂寞裏奔馳的猛士，使他不憚於前驅。至於我的喊聲是勇猛或是悲哀，是可憎或是可笑，那倒是不暇顧及的；但既然是吶喊，則當然須聽將令的了，所以我往往不恤用了曲筆，在《藥》的瑜兒的墳上平空添上一個花環，在《明天》裏也不敘單四嫂子竟沒有做到看見兒子的夢，因爲那時的主將是不主張消極的。至於自己，卻也並不願將自以爲苦的寂寞，再來傳染給也如我那年輕時候似的正做著好夢的青年。

這樣說來，我的小說和藝術的距離之遠，也就可想而知了，然而到今日還能蒙著小說的名，甚而至於且有成集的機會，無論如何總不能不說是一件僥倖的事，但僥倖雖使我不安於心，而懸揣人間暫時還有讀者，則究竟也仍然是高興的。

所以我竟將我的短篇小說結集起來，而且付印了，又因爲上面所說的緣由，便稱之爲《吶喊》。

一九二二年十二月三日，魯迅記於北京。

注釋

①本篇曾發表於一九二三年八月二十一日北京《晨報·文學旬刊》。

②**平地木**　即紫金牛，常綠小灌木，根皮可入藥。

③**到N進K學堂**　N指南京，K學堂指江南水師學堂。作者於一八九八年至南京江南水師學堂肄業，次年改入江南陸師學堂附設的礦務學堂，一九〇二年初畢業後，由清政府派赴日本留學。

④**伊**　女姓第三人稱代名詞。當時還未使用「她」字。

⑤**學洋務**　清朝末年，一部分官僚如李鴻章、張之洞等人，曾推行所謂「洋務運動」。他們鼓吹「中學爲體，西學爲用」，一方面頑固地維護封建制度，宣揚倫理道德，另一方面又在帝國主義支持、控制下舉辦一些軍事工業和其他工礦企業，設立有與學這方面的知識有關的學堂。這裡說的「學洋務」，是指在這類學堂裡學習西方資本主義國家的科學知識和軍事技術。

⑥**格致**　格物致知的簡稱，《禮記·大學》有「致知在格物，物格而後知至」的話。格是推究的意思。清末曾用「格致」統稱物理、化學等學科。

⑦《全體新論》和《化學衛生論》　關於生理學和營養學的書。清末譯成中文，前者爲英國合信著，一八五一年出版，廣東印本；後者爲英國真司騰著，一八七九年出版，上海廣學會刻本。

⑧日本維新　指發生於日本明治年間（1868-1912）的維新運動。在此以前，日本一部分學者，曾大量輸入和講授西方醫學，宣傳西方科學技術，積極主張革新，對日本維新運動的興起，曾起過一定的影響。

⑨醫學專門學校　指日本仙台醫學專門學校。作者於一九〇四年至一九〇六年曾在這裡學習醫學。

⑩日俄戰爭　一九〇四年二月至一九〇五年九月，日本帝國主義同沙皇俄國之間爲爭奪在我國東北地區和朝鮮的侵略權益而進行的一次帝國主義戰爭。

⑪指許壽裳、袁文藪、周作人等。袁文藪隨後轉往英國留學，只剩魯迅、許壽裳、周作人三人。

⑫S會館　指設在北京宣武門外南半截胡同的紹興會館，稱山會邑館。原爲山陰、會稽兩縣的會館；一九一二年山陰、會稽合併爲紹興縣，改稱紹興會館。作者於一九一二年五月至一九一九年十一月曾在這裡居住。

⑬抄古碑　作者寓居紹興會館時，在教育部任職，常於公餘搜集、研究中國古代的造像和墓誌等金石拓本，後來輯有《六朝造像目錄》和《六朝墓名目錄》兩種（後者未完成）。

⑭金心異　指錢玄同（1887-1939），浙江吳興人。一九〇八年他在日本東京和作者同聽章太炎講文字學。「五四」時期參加新文化運動，曾是《新青年》編者之一。一九一九年三月，復古派文人林紓在

上海《新申報》上發表題名《荆生》的小說，攻擊新文化運動。小說中有一個人物名「金心異」，即影射錢玄同。

⑮《新青年》　綜合性月刊，「五四」時期倡導新文化運動的重要刊物。一九一五年九月創刊於上海，由陳獨秀主編。第一卷名《青年雜誌》，第二卷起改名《新青年》。一九一六年底遷至北京。從一九一八年一月起，李大釗等參加編輯工作。一九二二年七月休刊，共出九卷，每卷六期。作者在「五四」時期同該刊有密切聯繫，是它的重要撰稿人，曾參加該刊編輯會議。

《吶喊》目次

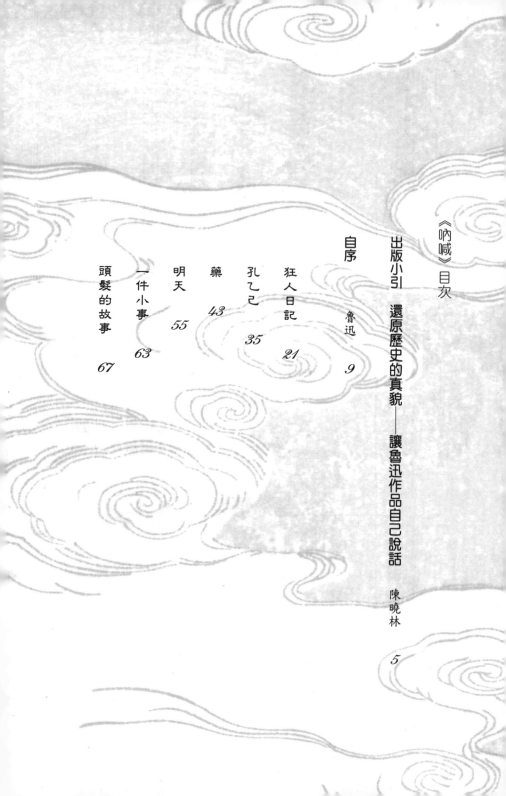

附錄

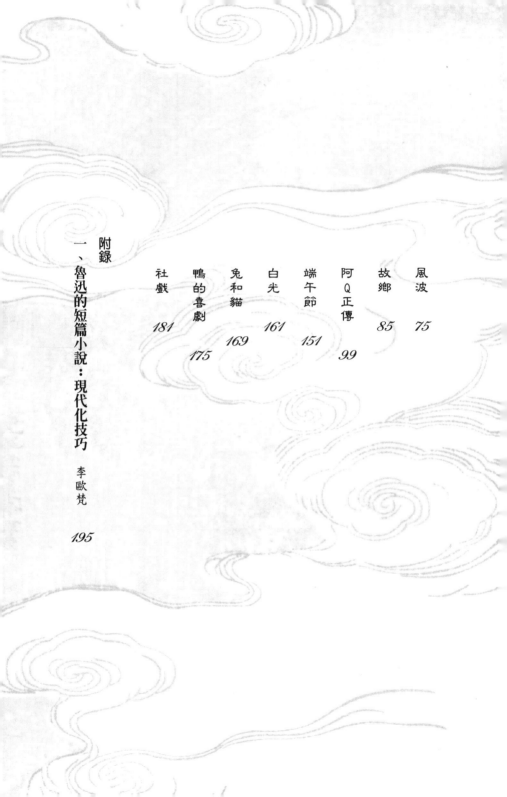

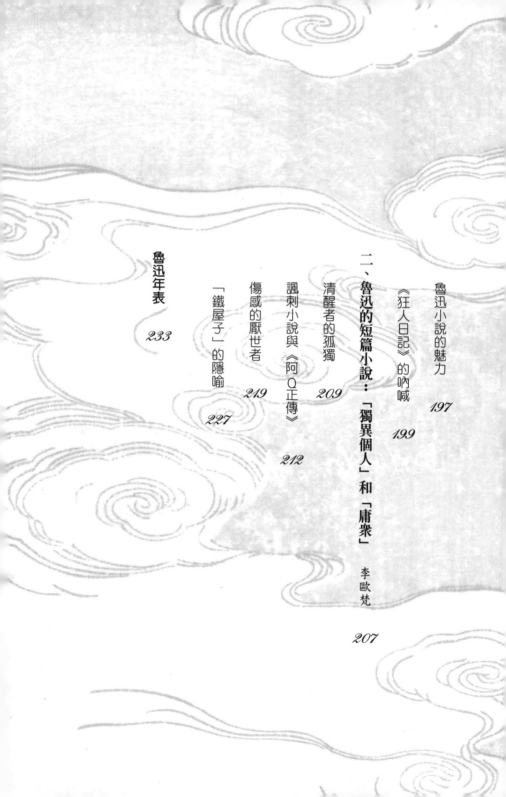

狂人日記①

一

今天晚上，很好的月光。

我不見他，已是三十多年；今天見了，精神分外爽快。才知道以前的三十多年，全是發昏；然而須十分小心。不然，那趙家的狗，何以看我兩眼呢？

我怕得有理。

二

今天全沒月光，我知道不妙。早上小心出門，趙貴翁的眼色便怪：似乎怕我，似乎想害我。還有七八個人，交頭接耳的議論我，又怕我看見。一路上的人，都是如此。其中最凶的一個人，張著嘴，對我笑了一笑；我便從頭直冷到腳跟，曉得他們佈置，都已妥當了。

我可不怕，仍舊走我的路。前面一夥小孩子，也在那裡議論我；眼色也同趙貴翁一樣，臉色也都鐵青。我想我同小孩子有什麼仇，他也這樣。忍不住大聲說，「你告訴我！」他們可就跑了。

我想：我同趙貴翁有什麼仇，同路上的人又有什麼仇；只有廿年以前，把古久先生的陳年流水簿子②，踹了一腳，古久先生很不高興。趙貴翁雖然不認識他，一定也聽到風聲，代抱不平；約定路上的人，同我作冤對。但是小孩子呢？那時候，他們還沒有出世，何以今天也睜著怪眼睛，似乎怕我，似乎想害我。這真教我怕，教我納罕而且傷心。

我明白了。這是他們娘老子教的！

三

晚上總是睡不著。凡事須得研究，才會明白。

他們——也有給知縣打枷過的，也有給紳士掌過嘴的，也有衙役占了他妻子的，也有老子娘被債主逼死的；他們那時候的臉色，全沒有昨天這麼怕，也沒有這麼凶。

最奇怪的是昨天街上的那個女人，他打兒子，嘴裡說道，「老子呀！我要咬你幾口才出氣！」他眼睛卻看著我。我吃了一驚，遮掩不住；那青面獠牙的一夥人，便都哄笑起來。陳老五趕上前，硬把我拖回家中了。

拖我回家，家裡的人都裝作不認識我；他們的眼色，也全同別人一樣。進了書房，便反扣上門，宛然是關了一隻雞鴨。這一件事，越教我猜不出底細。

前幾天，狼子村的佃戶來告荒，對我大哥說，他們村裡的一個大惡人，給大家打死了；幾個人便挖出他的心肝來，用油煎炒了吃，可以壯壯膽子。我插了一句嘴，佃戶和大哥便都看我幾眼。今天才曉得他們的眼光，全同外面的那夥人一模一樣。

想起來，我從頂上直冷到腳跟。

他們會吃人，就未必不會吃我。

你看那女人「咬你幾口」的話，和一夥青面獠牙人的笑，和前天佃戶的話，明明是暗號。我看出他話中全是毒，笑中全是刀。他們的牙齒，全是白厲厲的排著，這就是吃人的傢伙。

照我自己想，雖然不是惡人，自從踹了古家的簿子，可就難說了。他們似乎別有心思，我全猜不出。況且他們一翻臉，便說人是惡人。我還記得大哥教我做論，無論怎樣好人，翻他幾句，他便打上幾個圈；原諒壞人幾句，他便說「翻天妙手，與眾不同」。我那裡猜得到他們的心思，究竟怎樣；況且是要吃的時候。

凡事總須研究，才會明白。古來時常吃人，我也還記得，可是不甚清楚。我翻開歷史一查，這歷史沒有年代，歪歪斜斜的每頁上都寫著「仁義道德」幾個字。我橫豎睡不著，仔細看了半夜，才從字縫裡看出字來，滿本都寫著兩個字是「吃人」！

書上寫著這許多字，佃戶說了這許多話，卻都笑吟吟的睜著怪眼睛看我。

我也是人，他們想要吃我了！

四

早上，我靜坐了一會。陳老五送進飯來，一碗菜，一碗蒸魚；這魚的眼睛，白而且硬，張著嘴，同那一夥想吃人的人一樣。吃了幾筷，滑溜溜的不知是魚是人，便把他兜肚連腸的吐出。

我說「老五，對大哥說，我悶得慌，想到園裡走走。」老五不答應，走了；停一會，可就來開了門。

我也不動，研究他們如何擺布我；知道他們一定不肯放鬆。果然！我大哥引了一個老頭子，慢慢走來；他滿眼凶光，怕我看出，只是低頭向著地，從眼鏡橫邊暗暗看我。大哥說，「今天你彷彿很好。」我說「是的。」大哥說，「今天請何先生來，給你診一診。」我說「可以！」其實我豈不知道這老頭子是劊子手扮的！無非藉了看脈這名目，揣一揣肥瘠：因這功勞，也分一片肉吃。我也不怕；雖然不吃人，膽子卻比他們還壯。伸出兩個拳頭，看他如何下手。老頭子坐著，閉了眼睛，摸了好一會，呆了好一會；便張開他鬼眼睛說：「不要亂想。靜靜的養幾天，就好了。」

不要亂想，靜靜的養！養肥了，他們是自然可以多吃；我有什麼好處，怎麼會「好了」？他們這群人，又想吃人，又是鬼鬼祟祟，想法子遮掩，不敢直接下手，真要令我笑死。我忍不住，便放聲大笑起來，十分快活。自己曉得這笑聲裡面，有的是義勇和正氣。老頭子和大哥，都失了色，被我這勇氣正氣鎮壓住了。

但是我有勇氣，他們便越想吃我，沾光一點這勇氣。老頭子跨出門，走不多遠，便低聲對大哥說道，「趕緊吃罷！」大哥點點頭。原來也有你！這一件大發現，雖似意外，也在意中：合夥吃我的人，便是我的哥哥！

吃人的是我哥哥！

我是吃人的人的兄弟！

我自己被人吃了，可仍然是吃人的人的兄弟！

五

這幾天是退一步想：假使那老頭子不是劊子手扮的，真是醫生，也仍然是吃人的人。他們的祖師李時珍做的「本草什麼」③上，明明寫著人肉可以煎吃；他還能說自己不吃人麼？

至於我家大哥，也毫不冤枉他。他對我講書的時候，親口說過可以「易子而食」④；又一回偶然議論起一個不好的人，他便說不但該殺，還當「食肉寢皮」⑤。我那時年紀還小，心跳了好半天。前天狼子村佃戶來說吃心肝的事，他也毫不奇怪，不住的點頭。可見心思是同從前一樣狠。既然可以「易子而食」，便什麼都易得，什麼人都吃得。我從前單聽他講道理，也糊塗過去；現在曉得他講道理的時候，不但唇邊還抹著人油，而且心裡滿裝著吃人的意思。

六

黑漆漆的，不知是日是夜。趙家的狗又叫起來了。

獅子似的凶心，兔子的怯弱，狐狸的狡猾，……

七

我曉得他們的方法，直接殺了，是不肯的，而且也不敢，怕有禍祟。所以他們大家連絡，布滿了羅網，逼我自戕。試看前幾天街上男女的樣子，和這幾天我大哥的作爲，便足可悟出八九分了。最好是解下腰帶，掛在梁上，自己緊緊勒死；他們沒有殺人的罪名，又償了心願，自然都歡天喜地的發出一種嗚嗚咽咽的笑聲。否則驚嚇憂愁死了，雖則略瘦，也還可以首肯幾下。

他們是只會吃死肉的！——記得什麼書上說，有一種東西，叫「海乙那」⑥的，眼光和樣子都很難看；時常吃死肉，連極大的骨頭，都細細嚼爛，咽下肚子去，想起來也教人害怕。「海乙那」是狼的親眷，狼是狗的本家。前天趙家的狗，看我幾眼，可見他也同謀，早已接洽。老頭子眼看著地，豈能瞞得過我。

最可憐的是我的大哥，他也是人，何以毫不害怕；而且合夥吃我呢？還是歷來慣了，不以爲非呢？還是喪了良心，明知故犯呢？

我詛咒吃人的人，先從他起頭；要勸轉吃人的人，也先從他下手。

八

其實這種道理，到了現在，他們也該早已懂得，……

忽然來了一個人；年紀不過二十左右，相貌是不很看得清楚，滿面笑容，對了我點頭，他的笑也不像真笑。我便問他，「吃人的事，對麼？」他仍然笑著說，「不是荒年，怎麼會吃人。」我立刻就曉得，他也是一夥，喜歡吃人的；便自勇氣百倍，偏要問他。

「對麼？」

「這等事問他什麼。你真會……說笑話。……今天天氣很好。」

天氣是好，月色也很亮了。可是我要問你，「對麼？」

他不以爲然了。含含糊糊的答道，「不……」

「不對？他們何以竟吃？」

「沒有的事……」

「沒有的事？狼子村現吃；還有書上都寫著，通紅斬新！」

他便變了臉，鐵一般青。睜著眼說，「也許有的，這是從來如此……」

「從來如此，便對麼？」

「我不同你講這些道理；總之你不該說，你說便是你錯！」

我直跳起來，張開眼，這人便不見了。全身出了一大片汗。他的年紀，比我大哥小得遠，居然也是一夥；這一定是他娘老子先教的。還怕已經教給他兒子了；所以連小孩子，也都惡狠狠的看我。

九

自己想吃人，又怕被別人吃了，都用著疑心極深的眼光，面面相覷。……

去了這心思，放心做事走路吃飯睡覺，何等舒服。這只是一條門檻，一個關頭。他們可是父子兄弟夫婦朋友師生仇敵和各不相識的人，都結成一夥，互相勸勉，互相牽制，死也不肯跨過這一步。

十

大清早，去尋我大哥；他立在堂門外看天，我便走到他背後，攔住門，格外沉靜，格外和氣的對他說，

「大哥，我有話告訴你。」

「你說就是，」他趕緊回過臉來，點點頭。

「我只有幾句話，可是說不出來。大哥，大約當初野蠻的人，都吃過一點人。後來因爲心思不同，有的不吃人了，一味要好，便變了人，變了真的人。有的卻還吃，——也同蟲子一樣，有的變了魚鳥猴子，一直變到人。有的不要好，至今還是蟲子。這吃人的人比不吃人的人，何等慚愧。怕比蟲子的慚愧猴子，還差得很遠很遠。

「易牙⑦蒸了他兒子，給桀紂吃，還是一直從前的事。誰曉得從盤古開闢天地以後，一直吃到

易牙的兒子；從易牙的兒子，一直吃到徐錫林⑧；從徐錫林，又一直吃到狼子村捉住的人。去年城裡殺了犯人，還有一個生癆病的人，用饅頭蘸血舔。

「他們要吃我，你一個人，原也無法可想；然而又何必去入夥。吃人的人，什麼事做不出；他們會吃我，也會吃你，一夥裡面，也會自吃。但只要轉一步，只要立刻改了，也就人人太平。雖然從來如此，我們今天也可以格外要好，說是不能！大哥，我相信你能說，前天佃戶要減租，你說過不能。」

當初，他還只是冷笑，隨後眼光便兇狠起來，一到說破他們的隱情，那就滿臉都變成青色了。大門外立著一夥人，趙貴翁和他的狗，也在裡面，都探頭探腦的挨進來。有的是看不出面貌，似乎用布蒙著；有的是仍舊青面獠牙，抿著嘴笑。我認識他們是一夥，都是吃人的人。可是也曉得他們心思很不一樣，一種是以為從來如此，應該吃的；一種是知道不該吃，可是仍然要吃，又怕別人說破他，所以聽了我的話，越發氣憤不過，可是抿著嘴冷笑。

這時候，大哥也忽然顯出兇相，高聲喝道，

「都出去！瘋子有什麼好看！」

這時候，我又懂得一件他們的巧妙了。他們豈但不肯改，而且早已佈置；預備下一個瘋子的名目罩上我。將來吃了，不但太平無事，怕還會有人見情。佃戶說的大家吃了一個惡人，正是這方法。這是他們的老譜！

陳老五也氣憤憤的直走進來。如何按得住我的口，我偏要對這夥人說，

「你們可以改了，從真心改起！要曉得將來容不得吃人的人，活在世上。

「你們要不改，自己也會吃盡。即使生得多，也會給真的人除滅了，同獵人打完狼子一樣！——同蟲子一樣！」

那一夥人，都被陳老五趕走了。大哥也不知那裡去了。陳老五勸我回屋子裡去。屋裡面全是黑沉沉的。橫梁和椽子都在頭上發抖；抖了一會，就大起來，堆在我身上。

萬分沉重，動彈不得；他的意思是要我死。我曉得他的沉重是假的，便掙扎出來，出了一身汗。可是偏要說，

「你們立刻改了，從真心改起！你們要曉得將來是容不得吃人的人，……」

十一

太陽也不出，門也不開，日日是兩頓飯。

我捏起筷子，便想起我大哥；曉得妹子死掉的緣故，也全在他。那時我妹子才五歲，可愛可憐的樣子，還在眼前。母親哭個不住，他卻勸母親不要哭；大約因爲自己吃了，哭起來不免有點過意不去。如果還能過意不去，……

妹子是被大哥吃了，母親知道沒有，我可不得而知。

母親想也知道；不過哭的時候，卻並沒有說明，大約也以爲應當的了。記得我四五歲時，坐在堂前乘涼，大哥說爹娘生病，做兒子的須割下一片肉來，煮熟了請他吃⑨，才算好人；母親也沒有說不行。一片吃得，整個的自然也吃得。但是那天的哭法，現在想起來，實在還教人傷心，這真是奇極的事！

十二

不能想了。

四千年來時時吃人的地方，今天才明白，我也在其中混了多年；大哥正管著家務，妹子恰恰死了，他未必不和在飯菜裡，暗暗給我們吃。

我未必無意之中，不吃了我妹子的幾片肉，現在也輪到我自己，……

有了四千年吃人履歷的我，當初雖然不知道，現在明白，難見真的人！

十三

沒有吃過人的孩子，或者還有？

救救孩子……

一九一八年四月

某君昆仲，今隱其名，皆余昔日在中學校時良友；分隔多年，消息漸闕。日前偶聞其一大病；適歸故鄉，迂道往訪，則僅晤一人，言病者其弟也。勞君遠道來視，然已早癒，赴某地候補⑩矣。因大笑，出示日記二冊，謂可見當日病狀，不妨獻諸舊友，持歸閱一過，知所患蓋「迫害狂」之類。語頗錯雜無倫次，又多荒唐之言；亦不著月日，惟墨色字體不一，知非一時所書。間亦有略具聯絡者，今撮錄一篇，以供醫家研究。記中語誤，一字不易；惟人名雖皆村人，不為世間所知，無關大體，雖亦悉易去。至於書名，則本人癒後所題，不復改也。七年四月二日識。

注釋

①本篇最初發表於一九一八年五月《新青年》第四卷第五號。作者首次採用了「魯迅」這一筆名。它是我國現代文學史上第一篇猛烈抨擊「吃人」的封建禮教的小說。作者除在本書《自序》中提及它產生的緣由外，又在《〈中國新文學大系〉小說二集序》中指出它「意在暴露家族制度和禮教的弊害」，可以參看。

②**古久先生的陳年流水簿子**　這裡比喻我國封建主義統治的長久歷史。

③「本草什麼」　指《本草綱目》，明代醫學家李時珍（1518–1593）的藥物學著作，共五十二卷。該書曾經提到唐代陳藏器《本草拾遺》中以人肉醫治癆病的記載，並表示了異議。這裡說李時珍的書「明明寫著人肉可以煎吃」，當是「狂人」的「記中語誤」。

④「易子而食」　語見《左傳》宣公十五年，是宋將華元對楚將子反敘說宋國都城被楚軍圍困時的慘狀：「敝邑易子而食，析骸而爨。」

⑤「食肉寢皮」　語出《左傳》襄公二十一年，晉國州綽對齊莊公說：「然二子者，譬於禽獸，臣食其肉而寢處其皮矣。」（按「二子」指齊國的殖綽和郭最，他們曾被州綽俘虜過。）

⑥「海乙那」　英語hyena的音譯，即鬣狗（又名土狼），一種食肉獸，常跟在獅虎等猛獸之後，以牠們吃剩的獸類的殘屍爲食。

⑦易牙　春秋時齊國人，善於調味。據《管子・小稱》：「夫易牙以調和事公（按指齊桓公），公曰『惟蒸嬰兒之未嘗』，於是蒸其首子而獻之公。」桀、紂各爲我國夏朝和商朝的最後一代君主，易牙和他們不是同時代人。這裡說的「易牙蒸了他兒子，給桀紂吃」，也是「狂人」「語頗錯雜無倫次」的表現。

⑧徐錫林　隱指徐錫麟（1873–1907），字伯蓀，浙江紹興人，清末革命團體光復會的重要成員。一九〇七年與秋瑾準備在浙、皖兩省同時起義，七月六日，他以安徽巡警處會辦兼巡警學堂監督身分爲掩護，乘學堂舉行畢業典禮之機刺死安徽巡撫恩銘，率領學生攻佔軍械局，彈盡被捕，當日慘遭殺

害，心肝被恩銘的衛隊挖出炒食。

⑨指「割股療親」，即割取自己的股肉煎藥，以醫治父母的重病。

⑩候補　清代官制，通過科舉或捐納等途徑取得官銜，但還沒有實際職務的中下級官員，由吏部抽籤分發到某部或某省，聽候委用，稱爲候補。

孔乙己①

魯鎮的酒店的格局，是和別處不同的：都是當街一個曲尺形的大櫃台，櫃裡面預備著熱水，可以隨時溫酒。做工的人，傍午傍晚散了工，每每花四文銅錢，買一碗酒，——這是二十多年前的事，現在每碗要漲到十文，——靠櫃外站著，熱熱的喝了休息；倘肯多花一文，便可以買一碟鹽煮筍，或者茴香豆，做下酒物了，如果出到十幾文，那就能買一樣葷菜，但這些顧客，多是短衣幫，大抵沒有這樣闊綽。只有穿長衫的，才踱進店面隔壁的房子裡，要酒要菜，慢慢地坐喝。

我從十二歲起，便在鎮口的咸亨酒店裡當夥計，掌櫃說，樣子太傻，怕侍候不了長衫主顧，就在外面做點事罷。外面的短衣主顧，雖然容易說話，但嘮嘮叨叨纏夾不清的也很不少。他們往往要親眼看著黃酒從罈子裡舀出，看過壺子底裡有水沒有，又親看將壺子放在熱水裡，然後放心：在這嚴重監督之下，羼水也很爲難。所以過了幾天，掌櫃又說我幹不了這事。幸虧薦頭的情面大，辭退不得，便改爲專管溫酒的一種無聊職務了。

我從此便整天的站在櫃台裡，專管我的職務。雖然沒有什麼失職，但總覺有些單調，有些無聊。掌櫃是一副凶臉孔，主顧也沒有好聲氣，教人活潑不得；只有孔乙己到店，才可以笑幾聲，所以至今還記得。

孔乙己是站著喝酒而穿長衫的唯一的人。他身材很高大；青白臉色，皺紋間時常夾些傷痕；一部亂蓬蓬的花白的鬍子。穿的雖然是長衫，可是又髒又破，似乎十多年沒有補，也沒有洗。他對人說話，總是滿口之乎者也，教人半懂不懂的。因爲他姓孔，別人便從描紅紙②上的「上大人孔乙己」這半懂不懂的話裡，替他取下一個綽號，叫作孔乙己。孔乙己一到店，所有喝酒的人便都看著他笑，有的叫道「孔乙己，你臉上又添上新傷疤了！」他不回答，對櫃裡說「溫兩碗酒，要一碟茴香豆。」便排出九文大錢。他們又故意的高聲嚷道，「你一定又偷了人家的東西了！」孔乙己睜大眼睛說，「你怎麼這樣憑空污人清白……」「什麼清白？我前天親眼見你偷了何家的書，吊著打。」孔乙己便漲紅了臉，額上的青筋條條綻出，爭辯道，「竊書不能算偷……竊書！……讀書人的事，能算偷麼？」接連便是難懂得的話，什麼「君子固窮」③，什麼「者乎」之類，引得眾人都哄笑起來：店內外充滿了快活的空氣。

聽人家背地裡談論，孔乙己原來也讀過書，但終於沒有進學④，又不會營生；於是愈過愈窮，弄到將要討飯了。幸而寫得一筆好字，便替人家抄抄書，換一碗飯吃。可惜他又有一樣壞脾氣，便是好喝懶做。坐不到幾天，便連人和書籍紙張筆硯，一齊失蹤。如是幾次，叫他抄書的人也沒有了。孔乙己沒有法，便免不了偶而做些偷竊的事。但他在我們店裡，品行卻比別人都好，就是從不拖欠；雖然間或沒有現錢，暫時記在粉板上，但不出一月，定然還清，從粉板上拭去了孔乙己的名字。

孔乙己喝過半碗酒，漲紅的臉色漸漸復了原，旁人便又問道，「孔乙己，你當真認識字麼？」

孔乙己看著問他的人，顯出不屑置辯的神氣。他們便接著說道，「你怎的連半個秀才也撈不到呢？」孔乙己立刻顯出頹唐不安模樣，臉上籠上了一層灰色，嘴裡說些話；這回可是全是之乎者也之類，一些不懂了。在這時候，眾人也都哄笑起來：店內外充滿了快活的空氣。

在這些時候，我可以附和著笑，掌櫃是絕不責備的。而且掌櫃見了孔乙己，也每每這樣問他，引人發笑。孔乙己自己知道不能和他們談天，便只好向孩子說話。有一回對我說道，「你讀過書麼？」我略略點一點頭。他說，「讀過書，……我便考你一考。茴香豆的茴字，怎樣寫的？」我想，討飯一樣的人，也配考我麼？便回過臉去，不再理會。孔乙己等了許久，很懇切的說道，「不能寫罷？……我教給你，記著！這些字應該記著。將來做掌櫃的時候，寫賬要用。」我暗想我和掌櫃的等級還很遠呢，而且我們掌櫃也從不將茴香豆上賬；又好笑，又不耐煩，懶懶地答他道，「誰要你教，不是草頭底下一個來回的回字麼？」孔乙己顯出極高興的樣子，將兩個指頭的長指甲敲著櫃台，點頭說，「對呀對呀！……回字有四樣寫法⑤，你知道麼？」我愈不耐煩了，努著嘴走遠。孔乙己剛用指甲蘸了酒，想在櫃上寫字，見我毫不熱心，便又嘆一口氣，顯出極惋惜的樣子。

有幾回，鄰舍孩子聽得笑聲，也趕熱鬧，圍住了孔乙己。他便給他們茴香豆吃，一人一顆。孩子吃完豆，仍然不散，眼睛都望著碟子。孔乙己著了慌，伸開五指將碟子罩住，彎腰下去說道，「不多了，我已經不多了。」直起身又看一看豆，自己搖頭說，「不多不多！多乎哉？不多也。」⑥

於是這一群孩子都在笑聲裡走散了。

孔乙己是這樣的使人快活，可是沒有他，別人也便這麼過。

有一天，大約是中秋前的兩三天，掌櫃正在慢慢的結賬，取下粉板，忽然說，「孔乙己長久沒有來了。還欠十九個錢呢！」我才也覺得他的確長久沒有來了。一個喝酒的人說道，「他怎麼會來？……他打折了腿了。」掌櫃說，「哦！」「他總仍舊是偷。這一回，是自己發昏，竟偷到丁舉人家裡去了。他家的東西，偷得的麼？」「後來怎麼樣？」「怎麼樣？先寫服辯⑦，後來是打，打了大半夜，再打折了腿。」「後來呢？」「後來打折了腿了。」「打折了怎樣呢？」「怎樣？……誰曉得？許是死了。」掌櫃也不再問，仍然慢慢的算他的賬。

中秋過後，秋風是一天涼比一天，看看將近初冬；我整天的靠著火，也須穿上棉襖了。一天的下半天，沒有一個顧客，我正合了眼坐著。忽然間聽得一個聲音，「溫一碗酒。」這聲音雖然極低，卻很耳熟。看時又全沒有人。站起來向外一望，那孔乙己便在櫃台下對了門檻坐著。他臉上黑而且瘦，已經不成樣子；穿一件破夾襖，盤著兩腿，下面墊一個蒲包，用草繩在肩上掛住；見了我，又說道，「溫一碗酒。」掌櫃也伸出頭去，一面說，「孔乙己麼？你還欠十九個錢呢！」孔乙己很頹唐的仰面答道，「這……下回還清罷。這一回是現錢，酒要好。」掌櫃仍然同平常一樣，笑著對他說，「孔乙己，你又偷了東西了！」但他這回卻不十分分辯，單說了一句「不要取笑！」「取笑？要是不偷，怎麼會打斷腿？」孔乙己低聲說道，「跌斷，跌，跌……」他的眼色，很像懇求掌櫃，不要再提。此時已經聚集了幾個人，便和掌櫃都笑了。我溫了酒，端出去，放在門檻上。他從破衣袋裡摸出四文大錢，放在我手裡，見他滿手是泥，原來他便用這手走來的。不一會，他喝完酒，便又在旁人的說笑聲中，坐著用這手慢慢走去了。

自此以後，又長久沒有看見孔乙己。到了年關，掌櫃取下粉板說，「孔乙己還欠十九個錢呢！」到第二年的端午，又說「孔乙己還欠十九個錢呢！」到中秋可是沒有說，再到年關也沒有看見他。

我到現在終於沒有見——大約孔乙己的確死了。

一九一九年三月⑧

注釋

①本篇最初發表於一九一九年四月《新青年》第六卷第四號。發表時篇末有作者的附記如下：「這一篇很拙的小說，還是去年冬天做成的。那時的意思，單在描寫社會上的或一種生活，請讀者看看，並沒有別的深意。但用活字排印了發表，卻已在這時候，——便是忽然有人用了小說盛行人身攻擊的時候。大抵著者走入暗路，每每能引讀者的思想跟他墮落：以為小說是一種潑穢水的器具，裡面糟蹋的是誰。這實在是一件極可嘆可憐的事。所以我在此聲明，免得發生猜度，害了讀者的人格。

一九一九年三月二十六日記。」

②**描紅紙**　一種印有紅色楷字，供兒童摹寫毛筆字用的字帖。舊時最通行的一種，印有「上大人孔（**明代以前作丘**）乙己化三千七十士爾小生八九子佳作仁可知禮也」這樣一些筆劃簡單、三字一句和似通非通的文字。它的起源頗早，據明代葉盛的《水東日記》卷十所載：「上大人丘乙己……數語，凡鄉學小童臨仿字書，皆昭於此，謂之描朱。」大概在明代已經通行。又《敦煌掇瑣》（**劉復據敦煌寫本編錄**）中集已有「上大人丘乙己……」一則，可見唐代以前已有這幾句話。

③**「君子固窮」**　語見《論語·衛靈公》。「固窮」即「固守其窮」，不以窮困而改變操守的意思。

④**進學**　明清科舉制度，童生經過縣考初試，府考複試，再參加由學政主持的院考（**道考**），考取的列名府、縣學籍，叫進學，也就成了秀才。又規定每三年舉行一次鄉試（**省一級考試**），由秀才或監生應考，取中的就是舉人。

⑤**回字有四種寫法**　回字通常只有三種寫法：回、囘、囬。第四種寫作𡇒（**見《康熙字典·備考》**），極少見。

⑥**「多乎哉？不多也」**　語見《論語·子罕》：「大宰問於子貢曰：『夫子聖者與？何其多能也！』子貢曰：『固天縱之將聖，又多能也。』子聞之，曰：『大宰知我乎？吾少也賤，故多能鄙事。君子多乎哉？不多也。』」這裡與原意無關。

⑦**服辯**　又作伏辯，即認罪書。

⑧據本篇發表時的作者《附記》（見注①），本文當作於一九一八年冬天。按本書各篇最初發表時都未署寫作日期，現在篇末的日期爲作者在編集時所補記。

藥①

一

秋天的後半夜，月亮下去了，太陽還沒有出，只剩下一片烏藍的天；除了夜遊的東西，什麼都睡著。華老栓忽然坐起身，擦著火柴，點上遍身油膩的燈盞，茶館的兩間屋子裡，便彌漫了青白的光。

「小栓的爹，你就去麼？」是一個老女人的聲音。裡邊的小屋子裡，也發出一陣咳嗽。

「唔。」老栓一面聽，一面應，一面扣上衣服；伸手過去說，「你給我罷。」

華大媽在枕頭底下掏了半天，掏出一包洋錢②，交給老栓，老栓接了，抖抖的裝入衣袋，又在外面按了兩下；便點上燈籠，吹熄燈盞，走向裡屋子去了。那屋子裡面，正在窸窸窣窣的響，接著便是一通咳嗽。老栓候他平靜下去，才低低的叫道，「小栓……你不要起來。……店麼？你娘會安排的。」

老栓聽得兒子不再說話，料他安心睡了；便出了門，走到街上。街上黑沉沉的一無所有，只有一條灰白的路，看得分明。燈光照著他的兩腳，一前一後的走。有時也遇到幾隻狗，可是一隻也沒有叫。天氣比屋子裡冷得多了；老栓倒覺爽快，彷彿一旦變了少年，得了神通，有給人生命的本領似的，跨步格外高遠。而且路也愈走愈分明，天也愈走愈亮了。

老栓正在專心走路，忽然吃了一驚，遠遠裡看見一條丁字街，明明白白橫著。他便退了幾步，尋到一家關著門的鋪子，蹩進檐下，靠門立住了。好一會，身上覺得有些發冷。

「哼，老頭子。」

「倒高興……。」

老栓又吃一驚，睜眼看時，幾個人從他面前過去了。一個還回頭看他，樣子不甚分明，但很像久餓的人見了食物一般，眼裡閃出一種攫取的光。老栓看看燈籠，已經熄了。按一按衣袋，硬硬的還在。仰起頭兩面一望，只見許多古怪的人，三三兩兩，鬼似的在那裡徘徊；定睛再看，卻也看不出什麼別的奇怪。

沒有多久，又見幾個兵，在那邊走動；衣服前後的一個大白圓圈，遠地裡也看得清楚，走過面前的，並且看出號衣③上暗紅色的鑲邊。——一陣腳步聲響，一眨眼，已經擁過了一大簇人。那三三兩兩的人，也忽然合作一堆，潮一般向前趕；將到丁字街口，便突然立住，簇成一個半圓。

老栓也向那邊看，卻只見一堆人的後背；頸項都伸得很長，彷彿許多鴨，被無形的手捏住了的，向上提著。靜了一會，似乎有點聲音，便又動搖起來，轟的一聲，都向後退；一直散到老栓立著的地方，幾乎將他擠倒了。

「喂！一手交錢，一手交貨！」一個渾身黑色的人，站在老栓面前，眼光正像兩把刀，刺得老栓縮小了一半。那人一隻大手，向他攤著；一隻手卻撮著一個鮮紅的饅頭④，那紅的還是一點一點的往下滴。

老栓慌忙摸出洋錢，抖抖的想交給他，卻又不敢去接他的東西。那人便焦急起來，嚷道，「怕什麼？怎的不拿！」老栓還躊躇著；黑的人便搶過燈籠，一把扯下紙罩，裹了饅頭，塞與老栓；一手抓過洋錢，捏一捏，轉身去了。嘴裡哼著說，「這老東西……。」

「這給誰治病的呀？」老栓也似乎聽得有人問他，但他並不答應；他的精神，現在只在一個包上，彷彿抱著一個十世單傳的嬰兒，別的事情，都已置之度外了。他現在要將這包裡的新的生命，移植到他家裡，收穫許多幸福。太陽也出來了；在他面前，顯出一條大道，直到他家中，後面也照見丁字街頭破匾上「古□亭口」這四個黯淡的金字。

二

老栓走到家，店面早經收拾乾淨，一排一排的茶桌，滑溜溜的發光。但是沒有客人；只有小栓坐在裡排的桌前吃飯，大粒的汗，從額上滾下，夾襖也貼住了脊心，兩塊肩胛骨高高凸出，印成一個陽文的「八」字。老栓見這樣子，不免皺一皺展開的眉心。他的女人，從灶下急急走出，睜著眼睛，嘴唇有些發抖。

「得了麼？」

「得了。」

兩個人一齊走進灶下，商量了一會；華大媽便出去了不多時，拿著一片老荷葉回來，攤在桌上。老栓也打開燈籠罩，用荷葉重新包了那紅的饅頭。小栓也吃完飯，他的母親慌忙說：

「小栓——你坐著，不要到這裡來。」

一面整頓了灶火，老栓便把一個碧綠的包，一個紅紅白白的破燈籠，一同塞在灶裡；一陣紅黑的火焰過去時，店屋裡散滿了一種奇怪的香味。

「好香！你們吃什麼點心呀？」這是駝背五少爺到了。這人每天總在茶館裡過日，來得最早，去得最遲，此時恰恰蹩到臨街的壁角的桌邊，便坐下問話，然而沒有人答應他。「炒米粥麼？」仍然沒有人應。老栓匆匆走出，給他泡上茶。

「小栓進來罷！」華大媽叫小栓進了裡面的屋子，中間放好一條凳，小栓坐了。他的母親端過一碟烏黑的圓東西，輕輕說：

「吃下去罷，——病便好了。」

小栓撮起這黑東西，看了一會，似乎拿著自己的性命一般，心裡說不出的奇怪。十分小心的拗開了，焦皮裡面竄出一道白氣，白氣散了，是兩半個白麵的饅頭。——不多工夫，已經全在肚裡了，卻全忘了什麼味；面前只剩下一張空盤。他的旁邊，一面立著他的父親，一面立著他的母親，兩人的眼光，都彷佛要在他身裡注進什麼又要取出什麼似的；便禁不住心跳起來，按著胸膛，又是一陣咳嗽。

「睡一會罷，——便好了。」

小栓依他母親的話，咳著睡了。華大媽候他喘氣平靜，才輕輕的給他蓋上了滿幅補丁的夾被。

三

店裡坐著許多人，老栓也忙了，提著大銅壺，一趟一趟的給客人沖茶；兩個眼眶，都圍著一圈黑線。

「老栓，你有些不舒服麼？——你生病麼？」一個花白鬍子的人說。

「沒有。」

「沒有？——我想笑嘻嘻的，原也不像……」花白鬍子便取消了自己的話。

「老栓只是忙。要是他的兒子……」駝背五少爺話還未完，突然闖進了一個滿臉橫肉的人，披一件玄色布衫，散著鈕扣，用很寬的玄色腰帶，胡亂捆在腰間。剛進門，便對老栓嚷道：

「吃了麼？好了麼？老栓，就是運氣了你！你運氣，要不是我信息靈……。」

老栓一手提了茶壺，一手恭恭敬敬的垂著；笑嘻嘻的聽。滿座的人，也都恭恭敬敬的聽。華大媽也黑著眼眶，笑嘻嘻的送出茶碗茶葉來，加上一個橄欖，老栓便去沖了水。

「這是包好！這是與眾不同的。你想，趁熱的拿來，趁熱吃下。」橫肉的人只是嚷。

「真的呢，要沒有康大叔照顧，怎麼會這樣……」華大媽也很感激的謝他。

「包好，包好！這樣的趁熱吃下。這樣的人血饅頭，什麼癆病都包好！」

華大媽聽到「癆病」這兩個字，變了一點臉色，似乎有些不高興；但又立刻堆上笑，搭訕著走開了。這康大叔卻沒有覺察，仍然提高了喉嚨只是嚷，嚷得裡面睡著的小栓也合夥咳嗽起來。

「原來你家小栓碰到了這樣的好運氣了。這病自然一定全好；怪不得老栓整天的笑著呢。」花白鬍子一面說，一面走到康大叔面前，低聲下氣的問道，「康大叔——聽說今天結果的一個犯人，便是夏家的孩子，那是誰的孩子？究竟是什麼事？」

「誰的？不就是夏四奶奶的兒子麼？那個小傢伙！」康大叔見眾人都聳起耳朵聽他，便格外高興，橫肉塊塊飽綻，越發大聲說，「這小東西不要命，不要就是了。我可是這一回一點沒有得到好處；連剝下來的衣服，都給管牢的紅眼睛阿義拿去了。——第一要算我們栓叔運氣；第二是夏三爺賞了二十五兩雪白的銀子，獨自落腰包，一文不花。」

小栓慢慢的從小屋子走出，兩手按了胸口，不住的咳嗽；走到灶下，盛出一碗冷飯，泡上熱水，坐下便吃。華大媽跟著他走，輕輕的問道，「小栓，你好些麼？——你仍舊只是肚餓？……」

「包好，包好！」康大叔瞥了小栓一眼，仍然回過臉，對眾人說，「夏三爺真是乖角兒，要是他不先告官，連他滿門抄斬。現在怎樣？銀子！——這小東西也真不成東西！關在牢裡，還要勸牢頭造反。」

「阿呀，那還了得。」坐在後排的一個二十多歲的人，很現出氣憤模樣。

「你要曉得紅眼睛阿義是去盤盤底細的，他卻和他攀談了，他說：這大清的天下是我們大家的。你想：這是人話麼？紅眼睛原知道他家裡只有一個老娘，可是沒有料到他竟會那麼窮，榨不出一點油水，已經氣破肚皮了。他還要老虎頭上搔癢，便給他兩個嘴巴！」

「義哥是一手好拳棒，這兩下，一定夠他受用了。」壁角的駝背忽然高興起來。

「他這賤骨頭打不怕，還要說可憐可憐哩。」

花白鬍子的人說，「打了這種東西，有什麼可憐呢？」

康大叔顯出看他不上的樣子，冷笑著說：「你沒有聽清我的話；看他神氣，是說阿義可憐哩！」

聽著的人的眼光，忽然有些板滯；話也停頓了。小栓已經吃完飯，吃得滿身流汗，頭上都冒出蒸氣來。

「阿義可憐——瘋話，簡直是發了瘋了。」花白鬍子恍然大悟似的說。

「發了瘋了。」二十多歲的人也恍然大悟的說。

店裡的坐客，便又現出活氣，談笑起來。小栓也趁著熱鬧，拚命咳嗽；康大叔走上前，拍他肩膀說：

「包好！小栓——你不要這麼咳。包好！」

「瘋了。」駝背五少爺點著頭說。

四

西關外靠著城根的地面，本是一塊官地；中間歪歪斜斜一條細路，是貪走便道的人，用鞋底造成的，但卻成了自然的界限。路的左邊，都埋著死刑和瘐斃的人，右邊是窮人的叢冢。兩面都已埋到層層疊疊，宛然闊人家裡祝壽時候的饅頭。

這一年的清明，分外寒冷，楊柳才吐出半粒米大的新芽。天明未久，華大媽已在右邊的一坐新墳前面，排出四碟菜，一碗飯，哭了一場。化過紙⑤，呆呆的坐在地上；彷彿等候什麼似的，但自己也說不出等候什麼。微風起來，吹動她短髮，確乎比去年白得多了。

小路上又來了一個女人，也是半白頭髮，襤褸的衣裙；提一個破舊的朱漆圓籃，外掛一串紙錠，三步一歇的走。忽然見華大媽坐在地上看她，便有些躊躇，慘白的臉上，現出些羞愧的顏色；但終於硬著頭皮，走到左邊的一坐墳前，放下了籃子。

那墳與小栓的墳，一字兒排著，中間只隔一條小路。華大媽看她排好四碟菜，一碗飯，立著哭了一通，化過紙錠；心裡暗暗地想，「這墳裡的也是兒子了。」那老女人徘徊觀望了一回，忽然手腳有些發抖，踉踉蹌蹌退下幾步，瞪著眼只是發怔。

華大媽見這樣子，生怕她傷心到快要發狂了；便忍不住立起身，跨過小路，低聲對她說，「你這位老奶奶不要傷心了，——我們還是回去罷。」

那人點一點頭，眼睛仍然向上瞪著；也低聲吃吃的說道，「你看，——看這是什麼呢？」

華大媽跟了她指頭看去，眼光便到了前面的墳，這墳上草根還沒有全合，露出一塊一塊的黃土，煞是難看。再往上仔細看時，卻不覺也吃一驚；——分明有一圈紅白的花，圍著那尖圓的墳頂。

她們的眼睛都已老花多年了，但望這紅白的花，卻還能明白看見。花也不很多，圓圓的排成一個圈，不很精神，倒也整齊。華大媽忙看他兒子和別人的墳，卻只有不怕冷的幾點青白小花，零星開著；便覺得心裡忽然感到一種不足和空虛，不願意根究。那老女人又走近幾步，細看了一遍，自言自語的說，「這沒有根，不像自己開的。——這地方有誰來呢？孩子不會來玩；——親戚本家早不來了。——這是怎麼一回事呢？」他想了又想，忽又流下淚來，大聲說道：

「瑜兒，他們都冤枉了你，你還是忘不了，傷心不過，今天特意顯點靈，要我知道麼？」他四面一看，只見一隻烏鴉，站在一株沒有葉的樹上，便接著說，「我知道了。——瑜兒，可憐他們坑了你，他們將來總有報應，天都知道；你閉了眼睛就是了。——你如果真在這裡，聽到我的話，——便教這烏鴉飛上你的墳頂，給我看罷。」

微風早經停息了；枯草支支直立，有如銅絲。一絲發抖的聲音，在空氣中愈顫愈細，細到沒有，周圍便都是死一般靜。兩人站在枯草叢裡，仰面看那烏鴉；那烏鴉也在筆直的樹枝間，縮著頭，鐵鑄一般站著。

許多的工夫過去了；上墳的人漸漸增多，幾個老的小的，在土墳間出沒。

華大媽不知怎的，似乎卸下了一挑重擔，便想到要走；一面勸著說，「我們還是回去罷。」

那老女人嘆一口氣，無精打采的收起飯菜；又遲疑了一刻，終於慢慢地走了。嘴裡自言自語的說，「這是怎麼一回事呢？……」

他們走不上二三十步遠，忽聽得背後「啞——」的一聲大叫；兩個人都悚然的回過頭，只見那烏鴉張開兩翅，一挫身，直向著遠處的天空，箭也似的飛去了。

一九一九年四月

注釋

①本篇最初發表於一九一九年五月《新青年》第六卷第五號。按篇中人物夏瑜隱喻清末女革命黨人秋瑾。秋瑾在徐錫麟被害後不久，也於一九〇七年七月十五日遭清政府殺害，就義的地點在紹興軒亭口。軒亭口是紹興城內的大街，街旁有一牌樓，匾上題有「古軒亭口」四字。

②**洋錢**　指銀元。銀元最初是從國外流入我國的，所以俗稱洋錢；我國自清代後期開始自鑄銀元，但民間仍沿用這個舊稱。

③**號衣**　指清朝士兵的軍衣，前後胸都綴有一塊圓形白布，上有「兵」或「勇」字樣。

④鮮紅的饅頭　即蘸有人血的饅頭。舊時迷信，以爲人血可以醫治肺癆，劊子手便借此騙取錢財。

⑤化過紙　紙指紙錢，一種迷信用品，舊俗認爲把它火化後可供死者在「陰間」使用。下文說的紙錠，是用紙或錫箔折成的元寶。

明天①

「沒有聲音，——小東西怎了？」

紅鼻子老拱手裡擎了一碗黃酒，說著，向間壁努一努嘴。藍皮阿五便放下酒碗，在他脊梁上用死勁的打了一掌，含含糊糊嚷道：

「你……你你又在想心思……。」

原來魯鎮是僻靜地方，還有些古風：不上一更，大家便都關門睡覺。深更半夜沒有睡的只有兩家：一家是咸亨酒店，幾個酒肉朋友圍著櫃台，吃喝得正高興；一家便是間壁的單四嫂子，他自從前年守了寡，便須專靠著自己的一雙手紡出棉紗來，養活他自己和他三歲的兒子，所以睡的也遲。

這幾天，確鑿沒有紡紗的聲音了。但夜深沒有睡的既然只有兩家，這單四嫂子家有聲音，便自然只有老拱們聽到，沒有聲音，也只有老拱們聽到。

老拱挨了打，彷彿很舒服似的喝了一大口酒，嗚嗚的唱起小曲來。

這時候，單四嫂子正抱著他的寶兒，坐在床沿上，紡車靜靜的立在地上。黑沉沉的燈光，照著寶兒的臉，緋紅裡帶一點青。單四嫂子心裡計算：神籤也求過了，願心也許過了，單方也吃過了，要是還不見效，怎麼好？——那只有去診何小仙了。但寶兒也許是日輕夜重，到了明天，太陽一出，熱也會退，氣喘也會平的：這實在是病人常有的事。

單四嫂子是一個粗笨女人，不明白這「但」字的可怕：許多壞事固然幸虧有了他才變好，許多好事卻也因爲有了他都弄糟。夏天夜短，老拱們嗚嗚的唱完了不多時，東方已經發白；不一會，窗縫裡透進了銀白色的曙光。

單四嫂子等候天明，卻不像別人這樣容易，覺得非常之慢，寶兒的一呼吸，幾乎長過一年。現在居然明亮了；天的明亮，壓倒了燈光，——看見寶兒的鼻翼，已經一放一收的扇動。

單四嫂子知道不妙，暗暗叫一聲「阿呀！」心裡計算：怎麼好？只有去診何小仙這一條路了。他雖然是粗笨女人，心裡卻有決斷，便站起身，從木櫃子裡掏出每天節省下來的十三個小銀元和一百八十銅錢，都裝在衣袋裡，鎖上門，抱著寶兒直向何家奔過去。

天氣還早，何家已經坐著四個病人了。他摸出四角銀元，買了號籤，第五個便輪到寶兒。何小仙伸開兩個指頭按脈，指甲足有四寸多長，單四嫂子暗地納罕，心裡計算：寶兒該有活命了。但總免不了著急，忍不住要問，便局局促促的說：

「先生，——我家的寶兒什麼病呀？」

「他中焦塞著②。」

「不妨事麼？他……」

「先去吃兩帖。」

「他喘不過氣來，鼻翅子都扇著呢。」

「這是火剋金③……」

何小仙說了半句話，便閉上眼睛，單四嫂子也不好意思再問。在何小仙對面坐著的一個三十多歲的人，此時已經開好一張藥方，指著紙角上的幾個字說道：

「這第一味保嬰活命丸，須是賈家濟世老店才有！」

單四嫂子接過藥方，一面走，一面想。他雖是粗笨女人，卻知道何家與濟世老店與自己的家，正是一個三角點；自然是買了藥回去便宜了。於是又徑向濟世老店奔過去。店伙也翹了長指甲慢慢的看方，慢慢的包藥。單四嫂子抱了寶兒等著；寶兒忽然擎起小手來，用力拔他散亂著的一綹頭髮，這是從來沒有的舉動，單四嫂子怕得發怔。

太陽早出了。單四嫂子抱了孩子，帶著藥包，越走覺得越重；孩子又不住的掙扎，路也覺得越長。沒奈何坐在路旁一家公館的門檻上，休息了一會，衣服漸漸的冰著肌膚，才知道自己出了一身汗；寶兒卻彷彿睡著了。他再起來慢慢地走，仍然支撐不得，耳朵邊忽然聽得人說：

「單四嫂子，我替你抱勃羅！」似乎是藍皮阿五的聲音。

他抬頭看時，正是藍皮阿五，睡眼朦朧的跟著他走。

單四嫂子在這時候，雖然很希望降下一員天將，助他一臂之力，卻不願是阿五。但阿五有點俠氣。無論如何，總是偏要幫忙，所以推讓了一會，終於得了許可了。他便伸開臂膊，從單四嫂子的乳房和孩子中間，直伸下去，抱去了孩子。單四嫂子便覺乳房上發了一條熱，剎時間直熱到臉上和耳根。

他們兩人離開了二尺五寸多地，一同走著。阿五說些話，單四嫂子卻大半沒有答。走了不多時候，阿五又將孩子還給他，說是昨天與朋友約定的吃飯時候到了；單四嫂子便接了孩子。幸而不遠便是家，早看見對門的王九媽在街邊坐著，遠遠地說話：

「單四嫂子，孩子怎了？──看過先生了麼？」

「看是看了。──王九媽，你有年紀，見的多，不如請你老法眼④看一看，怎樣……」

「唔……」

「怎樣……」

「唔……」王九媽端詳了一番，把頭點了兩點，搖了兩搖。

寶兒吃下藥，已經是午後了。單四嫂子留心看他神情，似乎彷彿平穩了不少；到得下午，忽然睜開眼叫一聲「媽！」又仍然合上眼，像是睡去了。他睡了一刻，額上鼻尖都沁出一粒一粒的汗珠，單四嫂子輕輕一摸，膠水般黏著手；慌忙去摸胸口，便禁不住嗚咽起來。

寶兒的呼吸從平穩變到沒有，單四嫂子的聲音也就從嗚咽變成號咷。這時聚集了幾堆人：門內是王九媽藍皮阿五之類，門外是咸亨的掌櫃和紅鼻子老拱之類。王九媽便發命令，燒了一串紙錢；又將兩條板凳和五件衣服作抵，替單四嫂子借了兩塊洋錢，給幫忙的人備飯。

第一個問題是棺木。單四嫂子還有一副銀耳環和一支裹金的銀簪，都交給了咸亨的掌櫃，託他作一個保，半現半賒的買一具棺木。藍皮阿五也伸出手來，很願意自告奮勇；王九媽卻不許他，只准他明天抬棺材的差使，阿五罵了一聲「老畜牲」，怏怏的努了嘴站著。掌櫃便自去了；晚上回來，說棺木須得現做，後半夜才成功。

掌櫃回來的時候，幫忙的人早吃過飯；因爲魯鎭還有些古風，所以不上一更，便都回家睡覺了。只有阿五還靠著咸亨的櫃台喝酒，老拱也嗚嗚的唱。

這時候，單四嫂子坐在床沿上哭著，寶兒在床上躺著，紡車靜靜的在地上立著。許多工夫，單四嫂子的眼淚宣告完結了，眼睛張得很大，看看四面的情形，覺得奇怪：所有的都是不會有的事。他心裡計算：不過是夢罷了，這些事都是夢。明天醒過來，自己好好的睡在床上，寶兒也好好的睡在自己身邊。他也醒過來，叫一聲「媽」，生龍活虎似的跳去玩了。

老拱的歌聲早經寂靜，咸亨也熄了燈。單四嫂子張著眼，總不信所有的事。——雞也叫了；東方漸漸發白，窗縫裡透進了銀白色的曙光。

銀白色的曙光又漸漸顯出緋紅，太陽光接著照到屋脊。單四嫂子張著眼，呆呆坐著；聽得打門聲音，才吃了一嚇，跑出去開門。門外一個不認識的人，背了一件東西；後面站著王九媽。

哦，他們背了棺材來了。

下半天，棺木才合上蓋：因爲單四嫂子哭一回，看一回，總不肯死心塌地的蓋上；幸虧王九媽等得不耐煩，氣憤憤的跑上前，一把拖開他，才七手八腳的蓋上了。

但單四嫂子待他的寶兒，實在已經盡了心，再沒有什麼缺陷。昨天燒過一串紙錢，上午又燒了四十九卷《大悲咒》⑤；收斂的時候，給他穿上頂新的衣裳，平日喜歡的玩意兒，——一個泥人，兩個小木碗，兩個玻璃瓶，——都放在枕頭旁邊。後來王九媽掐著指頭仔細推敲，也終於想不出一些什麼缺陷。

這一日裡，藍皮阿五簡直整天沒有到；咸亨掌櫃便替單四嫂子雇了兩名腳夫，每名二百另十個大錢，抬棺木到義冢地上安放。王九媽又幫他煮了飯，凡是動過手開過口的人都吃了飯。太陽漸漸顯出要落山的顏色；吃過飯的人也不覺都顯出要回家的顏色，——於是他們終於都回了家。

單四嫂子很覺得頭眩，歇息了一會，倒居然有點平穩了。但他接連著便覺得很異樣：遇到了平生沒有遇到過的事，不像會有的事，然而的確出現了。他越想越奇，又感到一件異樣的事——這屋子忽然太靜了。

他站起身，點上燈火，屋子越顯得靜。他昏昏的走去關上門，回來坐在床沿上，紡車靜靜的立在地上。他定一定神，四面一看，更覺得坐立不得，屋子不但太靜，而且也太大了，東西也太空了。太大的屋子四面包圍著他，太空的東西四面壓著他，叫他喘氣不得。

他現在知道他的寶兒確乎死了；不願意見這屋子，吹熄了燈，躺著。他一面哭，一面想：想那時候，自己紡著棉紗，寶兒坐在身邊吃茴香豆，瞪著一雙小黑眼睛想了一刻，便說，「媽！爹賣餛飩，我大了也賣餛飩，賣許多許多錢，——我都給你。」那時候，真是連紡出的棉紗，也彷彿寸寸都有意思，寸寸都活著。但現在怎麼了？現在的事，單四嫂子卻實在沒有想到什麼。——我早經說過：他是粗笨女人。他能想出什麼呢？他單覺得這屋子太靜，太大，太空罷了。

但單四嫂子雖然粗笨，卻知道還魂是不能有的事，他的寶兒也的確不能再見了。嘆一口氣，自言自語的說，「寶兒，你該還在這裡，你給我夢裡見見罷。」於是合上眼，想趕快睡去，會他的寶兒，苦苦的呼吸通過了靜和大和空虛，自己聽得明白。

單四嫂子終於朦朦朧朧的走入睡鄉，全屋子都很靜。這時紅鼻子老拱的小曲，也早經唱完；蹌蹌踉踉出了咸亨，卻又提尖了喉嚨，唱道：

「我的冤家呀！——可憐你，——孤零零的……」

藍皮阿五便伸手揪住了老拱的肩頭，兩個人七歪八斜的笑著擠著走去。

單四嫂子早睡著了，老拱們也走了，咸亨也關上門了。這時的魯鎮，便完全落在寂靜裡。只有那暗夜為想變成明天，卻仍在這寂靜裡奔波；另有幾條狗，也躲在暗地裡嗚嗚的叫。

一九二〇年六月⑥

注釋

①本篇最初發表於一九一九年十月北京《新潮》月刊第二卷第一號。

②**中焦塞著**　中醫用語。指消化不良一類的病症。中醫學以胃的上口至咽喉，包括心、肺、食管等爲上焦；脾、胃爲中焦；腎、大小腸和膀胱爲下焦。

③**火剋金**　中醫用語。中醫學用古代五行相生相剋的說法來解釋病理，認爲心、肺、肝、脾、腎五臟與火、金、木、土、水五行相應。火剋金，是說「心火」剋制了「肺金」，引起了呼吸系統的疾病。

④**法眼**　佛家語。原指菩薩洞察一切的智慧，這裡是稱許對方有鑒定能力的客氣話。

⑤**《大悲咒》**　即佛教《觀世音菩薩大悲心陀羅尼經》中的咒文。迷信認爲給死者念誦或燒化這種咒文，可以使他在「陰間」消除災難，往生「樂土」。

⑥據《魯迅日記》，本篇寫作時間當爲一九一九年六月末或七月初。

一件小事①

我從鄉下跑到京城裡，一轉眼已經六年了。其間耳聞目睹的所謂國家大事，算起來也很不少；但在我心裡，都不留什麼痕跡，倘要我尋出這些事的影響來說，便只是增長了我的壞脾氣，——老實說，便是教我一天比一天的看不起人。

但有一件小事，卻於我有意義，將我從壞脾氣裡拖開，使我至今忘記不得。

這是民國六年的冬天，大北風刮得正猛，我因為生計關係，不得不一早在路上走。一路幾乎遇不見人，好容易才雇定了一輛人力車，教他拉到S門去。不一會，北風小了，路上浮塵早已刮淨，剩下一條潔白的大道來，車夫也跑得更快。剛近S門，忽而車把上帶著一個人，慢慢地倒了。

跌倒的是一個女人，花白頭髮，衣服都很破爛。伊從馬路邊上突然向車前橫截過來；車夫已經讓開道，但伊的破棉背心沒有上扣，微風吹著，向外展開，所以終於兜著車把。幸而車夫早有點停步，否則伊定要栽一個大筋斗，跌到頭破血出了。

伊伏在地上；車夫便也立住腳。我料定這老女人並沒有傷，又沒有別人看見，便很怪他多事，要自己惹出是非，也誤了我的路。

我便對他說，「沒有什麼的。走你的罷！」

車夫毫不理會，——或者並沒有聽到，——卻放下車子，扶那老女人慢慢起來，攙著臂膊立定，問伊說：

「你怎麼啦？」

「我摔壞了。」

我想，我眼見你慢慢倒地，怎麼會摔壞呢，裝腔作勢罷了，這真可憎惡。車夫多事，也正是自討苦吃，現在你自己想法去。

車夫聽了這老女人的話，卻毫不躊躇，仍然攙著伊的臂膊，便一步一步的向前走。我有些詫異，忙看前面，是一所巡警分駐所，大風之後，外面也不見人。這車夫扶著那老女人，便正是向那大門走去。

我這時突然感到一種異樣的感覺，覺得他滿身灰塵的後影，剎時高大了，而且愈走愈大，須仰視才見。而且他對於我，漸漸的又幾乎變成一種威壓，甚而至於要榨出皮袍下面藏著的「小」來。

我的活力這時大約有些凝滯了，坐著沒有動，也沒有想，直到看見分駐所裡走出一個巡警，才下了車。

巡警走近我說，「你自己雇車罷，他不能拉你了。」

我沒有思索的從外套袋裡抓出一大把銅元，交給巡警，說，「請你給他……」

風全止了，路上還很靜。我走著，一面想，幾乎怕敢想到我自己。以前的事姑且擱起，這一大把銅元又是什麼意思？獎他麼？我還能裁判車夫麼？我不能回答自己。

這事到了現在，還是時時記起。我因此也時時熬了苦痛，努力的要想到我自己。幾年來的文治武力，在我早如幼小時候所讀過的「子曰詩云」②一般，背不上半句了。獨有這一件小事，卻總是浮在我眼前，有時反更分明，教我慚愧，催我自新，並且增長我的勇氣和希望。

一九二〇年七月③

注釋

①本篇最初發表於一九一九年十二月一日北京《晨報・週年紀念增刊》。

②「子曰詩云」　「子曰」即「夫子說」；「詩云」即「《詩經》上說」。泛指儒家古籍。這裡指舊時學塾的初級讀物。

③據報刊發表的年月及《魯迅日記》，本篇寫作時間當在一九一九年十一月。

頭髮的故事①

星期日的早晨，我揭去一張隔夜的日曆，向著新的那一張上看了又看的說：

「阿，十月十日，——今天原來正是雙十節。這裡卻一點沒有記載！」

我的一位前輩先生N，正走到我的寓裡來談閑天，一聽這話，便很不高興的對我說：

「他們對！他們不記得，你怎樣他；你記得，又怎樣呢？」

這位N先生本來脾氣有點乖張，時常生些無謂的氣，說些不通世故的話。當這時候，我大抵任他自言自語，不贊一辭；他獨自發完議論，也就算了。

他說：

「我最佩服北京雙十節的情形。早晨，警察到門，吩咐道『掛旗！』『是，掛旗！』，各家大半懶洋洋的踱出一個國民來，撅起一塊斑駁陸離的洋布②。這樣一直到夜，——收了旗關門；幾家偶然忘卻的，便掛到第二天的上午。

「他們忘卻了紀念，紀念也忘卻了他們！

「我也是忘卻了紀念的一個人。倘使紀念起來，那第一個雙十節前後的事，便都上我的心頭，使我坐立不穩了。

「多少故人的臉，都浮在我眼前。幾個少年辛苦奔走了十多年，暗地裡一顆彈丸要了他的性命；幾個少年一擊不中，在監牢裡身受一個多月的苦刑；幾個少年懷著遠志，忽然蹤影全無，連屍首也不知那裡去了。——

「他們都在社會的冷笑惡罵迫害傾陷裡過了一生；現在他們的墳墓也早在忘卻裡漸漸平塌下去了。

「我不堪紀念這些事。

「我們還是記起一點得意的事來談談罷。」

N忽然現出笑容，伸手在自己頭上一摸，高聲說：

「我最得意的是自從第一個雙十節以後，我在路上走，不再被人笑罵了。

「老兄，你可知道頭髮是我們中國人的寶貝和冤家，古今來多少人在這上頭吃些毫無價值的苦呵！

「我們的很古的古人，對於頭髮似乎也還看輕。據刑法看來，最要緊的自然是腦袋，所以大辟是上刑；次要便是生殖器了，所以宮刑和幽閉也是一件嚇人的罰；至於髡，那是微乎其微了③，然而推想起來，正不知道曾有多少人們因為光著頭皮便被社會踐踏了一生世。

「我們講革命的時候，大談什麼揚州十日，嘉定屠城④，其實也不過一種手段；老實說：那時中國人的反抗，何嘗因為亡國，只是因為拖辮子⑤。

「頑民殺盡了，遺老都壽終了，辮子早留定了，洪楊⑥又鬧起來了。我的祖母曾對我說，那時做百姓才難哩，全留著頭髮的被官兵殺，還是辮子的便被長毛殺！

「我不知道有多少中國人只因爲這不痛不癢的頭髮而吃苦，受難，滅亡。」

N兩眼望著屋梁，似乎想些事，仍然說：

「誰知道頭髮的苦輪到我了。

「我出去留學，便剪掉了辮子，這並沒有別的奧妙，只爲他太不便當罷了。不料有幾位辮子盤在頭頂上的同學們便很厭惡我；監督也大怒，說要停了我的官費，送回中國去。

「不幾天，這位監督卻自己被人剪去辮子逃走了。去剪的人們裡面，一個便是做《革命軍》的鄒容⑦，這人也因此不能再留學，回到上海來，後來死在西牢裡。你也早已忘卻了罷？

「過了幾年，我的家景大不如前了，非謀點事做便要受餓，只得也回到中國來。我一到上海，便買定一條假辮子，那時是二元的市價，帶著回家。我的母親倒也不說什麼，然而旁人一見面，便都首先研究這辮子，待到知道是假，就一聲冷笑，將我擬爲殺頭的罪名；有一位本家，還預備去告官，但後來因爲恐怕革命黨的造反或者要成功，這才中止了。

「我想，假的不如真的直截爽快，我便索性廢了假辮子，穿著西裝在街上走。

「一路走去，一路便是笑罵的聲音，有的還跟在後面罵：『這冒失鬼！』『假洋鬼子！』

「我於是不穿洋服了，改了大衫，他們罵得更厲害。

「在這日暮途窮的時候，我的手裡才添出一支手杖來，拚命的打了幾回，他們漸漸的不罵了。

只是走到沒有打過的生地方還是罵。

「這件事很使我悲哀，至今還時時記得哩。我在留學的時候，曾經看見日報上登載一個遊歷南洋和中國的本多博士⑧的事；這位博士是不懂中國和馬來語的，人問他，你不懂話，怎麼走路呢？他拿起手杖來說，這便是他們的話，他們都懂！我因此氣憤了好幾天，誰知道我竟不知不覺的自己也做了，而且那些人都懂了。……

「宣統初年，我在本地的中學校做監學⑨，同事是避之惟恐不遠，官僚是防之惟恐不嚴，我終日如坐在冰窖子裡，如站在刑場旁邊，其實並非別的，只因爲缺少了一條辮子！

「有一日，幾個學生忽然走到我的房裡來，說，『先生，我們要剪辮子了。』我說，『不行！』『有辮子好呢，沒有辮子好呢？』『沒有辮子好……』『你怎麼說不行呢？』『犯不上，你們還是不剪上算，——等一等罷。』他們不說什麼，撅著嘴唇走出房去；然而終於剪掉了。

「呵！不得了了，人言嘖嘖了；我卻只裝作不知道，一任他們光著頭皮，和許多辮子一齊上講堂。

「然而這剪辮病傳染了；第三天，師範學堂的學生忽然也剪下了六條辮子，晚上便開除了六個學生。這六個人，留校不能，回家不得，一直挨到第一個雙十節之後又一個多月，才消去了犯罪的火烙印。

「我呢，也一樣，只是元年冬天到北京，還被人罵過幾次，後來罵我的人也被警察剪去了辮子，我就不再被人辱罵了；但我沒有到鄉間去。」

N顯出非常得意模樣，忽而又沉下臉來：

「現在你們這些理想家，又在那裡嚷什麼女子剪髮了，又要造出許多毫無所得而痛苦的人！

「現在不是已經有剪掉頭髮的女人，因此考不進學校去，或者被學校除了名麼？

「改革麼，武器在那裡？工讀麼，工廠在那裡？

「仍然留起，嫁給人家做媳婦去：忘卻了一切還是幸福，倘使伊記著些平等自由的話，便要苦痛一生世！

「我要借了阿爾志跋綏夫⑩的話問你們：你們將黃金時代的出現預約給這些人們的子孫了，但有什麼給這些人們自己呢？

「阿，造物的皮鞭沒有到中國的脊梁上時，中國便永遠是這一樣的中國，絕不肯自己改變一支毫毛！

「你們的嘴裡既然講並無毒牙，何以偏要在額上貼起『蝮蛇』兩個大字，引乞丐來打殺？……」

N愈說愈離奇了，但一見到我不很願聽的神情，便立刻閉了口，站起來取帽子。

我說，「回去麼？」

他答道，「是的，天要下雨了。」

我默默的送他到門口。

他戴上帽子說：

「再見！請你恕我打攪，好在明天便不是雙十節，我們統可以忘卻了。」

一九二〇年十月

注釋

①本篇最初發表於一九二〇年十月十日上海《時事新報·學燈》。

②**斑駁陸離的洋布**　指辛亥革命後至一九二七年這一時期舊中國的國旗，也叫五色旗（**紅黃藍白黑五色橫列**）。

③關於我國古代刑法，據《尚書·呂刑》及相關的注解，分爲五等：一是墨刑，即「先刻其面，以墨窒之」；二是劓刑，即「截鼻」；三是剕刑，即「斷足」；四是宮刑，即「男子割勢，婦人幽閉」（**按指破壞生殖器官**）；五是大辟，即斬首。「去髮」的髡刑不在五刑之內，但也是一種刑罰，自隋、唐以後已廢止。

④**揚州十日，嘉定屠城**　前者指清順治二年（1645）清軍攻破揚州後進行的十天大屠殺；後者指同年清軍占領嘉定（**今屬上海市**）後進行的多次屠殺。清代王秀楚著《揚州十日記》、朱子素著《嘉定

屠城記略》，分別記載了當時清兵在這兩地屠殺的情況。辛亥革命前，革命者曾大量翻印這些書籍，爲推翻清王朝作輿論準備。

⑤**拖辮子**　我國滿族舊俗，男子剃髮垂辮（**剃去頭頂前部頭髮，後部結辮垂於腦後**）。一六四四年清世祖進入北京以後，幾次下令強迫人民遵從滿族髮式，這一措施曾引起漢族人民的強烈反抗。

⑥**洪楊**　洪，指洪秀全（1814-1864），廣東花縣人；楊，指楊秀清（1820-1856），廣西桂平人。二人都是太平天國的領袖。他們領導的起義軍都留髮而不結辮，被稱爲「長毛」。

⑦**鄒容**（1885-1905）　字慰丹，四川巴縣人，清末革命家。一九〇二年春留學日本，積極宣傳反清革命思想；一九〇三年回國後，著《革命軍》一書鼓吹革命。同年七月被清政府勾結上海英租界當局拘捕，判處監禁二年，一九〇五年四月死於獄中。關於鄒容等剪留學生監督辮子一事，據章太炎所著《鄒容傳》記載：鄒容在日本留學時，「陸軍學生監督姚甲有奸私事，容偕五人排闥入其邸中，榜頰數十，持剪刀斷其辮髮。事覺，潛歸上海。」

⑧**本多博士**　即本多靜六（1866-1952），日本林學博士，著有《造林學》等書。

⑨**監學**　清末學校中負責管理學生的職員，一般也兼任教學工作。

⑩**阿爾志跋綏夫**（1878-1927）　俄國小說家。十月革命後逃亡國外，死於波蘭華沙。這裡所引的話，見他的中篇小說《工人綏惠略夫》第九章。

風波①

臨河的土場上，太陽漸漸的收了他通黃的光線了。場邊靠河的烏桕樹葉，乾巴巴的才喘過氣來，幾個花腳蚊子在下面哼著飛舞。面河的農家的煙突裡，逐漸減少了炊煙，女人孩子們都在自己門口的土場上潑些水，放下小桌子和矮凳；人知道，這已經是晚飯時候了。

老人男人坐在矮凳上，搖著大芭蕉扇閒談，孩子飛也似的跑，或者蹲在烏桕樹下賭玩石子。女人端出烏黑的蒸乾菜和松花黃的米飯，熱蓬蓬冒煙。河裡駛過文人的酒船，文豪見了，大發詩興，說，「無思無慮，這真是田家樂呵！」

但文豪的話有些不合事實，就因爲他們沒有聽到九斤老太的話。這時候，九斤老太正在大怒，拿破芭蕉扇敲著凳腳說：

「我活到七十九歲了，活夠了，不願意眼見這些敗家相，——還是死的好。立刻就要吃飯了，還吃炒豆子，吃窮了一家子！」

伊的曾孫女兒六斤捏著一把豆，正從對面跑來，見這情形，便直奔河邊，藏在烏桕樹後，伸出雙丫角的小頭，大聲說，「這老不死的！」

九斤老太雖然高壽，耳朵卻還不很聾，但也沒有聽到孩子的話，仍舊自己說，「這真是一代不如一代！」

這村莊的習慣有點特別，女人生下孩子，多喜歡用秤稱了輕重，便用斤數當作小名。九斤老太自從慶祝了五十大壽以後，便漸漸的變了不平家，常說伊年青的時候，天氣沒有現在這般熱，豆子也沒有現在這般硬：總之現在的時世是不對了。何況六斤比伊的曾祖，少了三斤，比伊父親七斤，又少了一斤，這真是一條顛撲不破的實例。所以伊又用勁說，「這真是一代不如一代！」

伊的兒媳②七斤嫂子正捧著飯籃走到桌邊，便將飯籃在桌上一摔，憤憤的說，「你老人家又這麼說了。六斤生下來的時候，不是六斤五兩麼？你家的秤又是私秤，加重稱，十八兩秤；用了準十六，我們的六斤該有七斤多哩。我想便是太公和公公，也不見得正是九斤八斤十足，用的秤也許是十四兩……」

「一代不如一代！」

七斤嫂還沒有答話，忽然看見七斤從小巷口轉出，便移了方向，對他嚷道，「你這死屍怎麼這時候才回來，死到那裡去了！不管人家等著你開飯！」

七斤雖然住在農村，卻早有些飛黃騰達的意思。從他的祖父到他，三代不捏鋤頭柄了；他也照例的幫人撐著航船，每日一回，早晨從魯鎮進城，傍晚又回到魯鎮，因此很知道些時事：例如什麼地方，雷公劈死了蜈蚣精；什麼地方，閨女生了一個夜叉之類。他在村人裡面，的確已經是一名出場人物了。但夏天吃飯不點燈，卻還守著農家習慣，所以回家太遲，是該罵的。

七斤一手捏著象牙嘴白銅斗六尺多長的湘妃竹煙管，低著頭，慢慢地走來，坐在矮凳上。六斤也趁勢溜出，坐在他身邊，叫他爹爹。七斤沒有應。

「一代不如一代！」九斤老太說。

七斤慢慢地抬起頭來，嘆一口氣說，「皇帝坐了龍庭了。」

七斤嫂呆了一刻，忽而恍然大悟的道，「這可好了，這不是又要皇恩大赦了麼！」

七斤又嘆一口氣，說，「我沒有辮子。」

「皇帝要辮子麼？」

「皇帝要辮子。」

「你怎麼知道呢？」七斤嫂有些著急，趕忙的問。

「咸亨酒店裡的人，都說要的。」

七斤嫂這時從直覺上覺得事情似乎有些不妙了，因爲咸亨酒店是消息靈通的所在。伊一轉眼瞥見七斤的光頭，便忍不住動怒，怪他恨他怨他；忽然又絕望起來，裝好一碗飯，搡在七斤的面前道，「還是趕快吃你的飯罷！哭喪著臉，就會長出辮子來麼？」

太陽收盡了他最末的光線了，水面暗暗地回復過涼氣來；土場上一片碗筷聲響，人人的脊梁上又都吐出汗粒。七斤嫂吃完三碗飯，偶然抬起頭，心坎裡便禁不住突突地發跳。伊透過烏桕葉，看見又矮又胖的趙七爺正從獨木橋上走來，而且穿著寶藍色竹布的長衫。

趙七爺是鄰村茂源酒店的主人，又是這三十里方圓以內的唯一的出色人物兼學問家；因為有學問，所以又有些遺老的臭味。他有十多本金聖嘆批評的《三國志》③，時常坐著一個字一個字的讀；他不但能說出五虎將姓名，甚而至於還知道黃忠表字漢升和馬超表字孟起。革命以後，他便將辮子盤在頂上，像道士一般；常常嘆息說，倘若趙子龍在世，天下便不會亂到這地步了。七斤嫂眼睛好，早望見今天的趙七爺已經不是道士，卻變成光滑頭皮，烏黑髮頂；伊便知道這一定是皇帝坐了龍庭，而且一定須有辮子，而且七斤一定是非常危險。因為趙七爺的這件竹布長衫，輕易是不常穿的，三年以來，只穿過兩次：一次是和他嘔氣的麻子阿四病了的時候，一次是曾經砸爛他酒店的魯大爺死了的時候；現在是第三次了，這一定又是於他有慶，於他的仇家有殃了。

七斤嫂記得，兩年前七斤喝醉了酒，曾經罵過趙七爺是「賤胎」，所以這時便立刻直覺到七斤的危險，心坎裡突突地發起跳來。

趙七爺一路走來，坐著吃飯的人都站起身，拿筷子點著自己的飯碗說，「七爺，請在我們這裡用飯！」七爺也一路點頭，說道「請請」，卻一徑走到七斤家的桌旁。七斤們連忙招呼，七爺也微笑著說「請請」，一面細細的研究他們的飯菜。

「好香的乾菜，——聽到了風聲了麼？」趙七爺站在七斤的後面七斤嫂的對面說。

「皇帝坐了龍庭了。」七斤說。

七斤嫂看著七爺的臉，竭力陪笑道，「皇帝已經坐了龍庭，幾時皇恩大赦呢？」

「皇恩大赦？——大赦是慢慢的總要大赦罷。」七爺說到這裡，聲色忽然嚴厲起來，「但是你家七斤的辮子呢，辮子？這倒是要緊的事。你們知道：長毛時候，留髮不留頭，留頭不留髮，……」

七斤和他的女人沒有讀過書，不很懂得這古典的奧妙，但覺得有學問的七爺這麼說，事情自然非常重大，無可挽回，便彷彿受了死刑宣告似的，耳朵裡嗡的一聲，再也說不出一句話。

「一代不如一代，——」九斤老太正在不平，趁這機會，便對趙七爺說，「現在的長毛，只是剪人家的辮子，僧不僧，道不道的。從前的長毛，這樣的麼？我活到七十九歲了，活夠了。從前的長毛是——整匹的紅緞子裹頭，拖下去，拖下去，一直拖到腳跟；王爺是黃緞子，拖下去，黃緞子；紅緞子，黃緞子，——我活夠了，七十九歲了。」

七斤嫂站起身，自言自語的說，「這怎麼好呢？這樣的一班老小，都靠他養活的人，……」

趙七爺搖頭道，「那也沒法。沒有辮子，該當何罪，書上都一條一條明明白白寫著的。不管他家裡有些什麼人。」

七斤嫂聽到書上寫著，可真是完全絕望了；自己急得沒法，便忽然又恨到七斤。伊用筷子指著他的鼻尖說，「這死屍自作自受！造反的時候，我本來說，不要撐船了，不要上城了。他偏要死進城去，滾進城去，進城便被人剪去了辮子。從前是絹光烏黑的辮子，現在弄得僧不僧道不道的。這囚徒自作自受，帶累了我們又怎麼說呢？這活死屍的囚徒……」

村人看見趙七爺到村，都趕緊吃完飯，聚在七斤家飯桌的周圍。七斤自己知道是出場人物，被女人當大眾這樣辱罵，很不雅觀，便只得抬起頭，慢慢地說道：

「你今天說現成話，那時你……」

「你這活死屍的囚徒……」

看客中間，八一嫂是心腸最好的人，抱著伊的兩周歲的遺腹子，正在七斤嫂身邊看熱鬧；這時過意不去，連忙解勸說，「七斤嫂，算了罷。人不是神仙，誰知道未來事呢？便是七斤嫂，那時不也說，沒有辮子倒也沒有什麼醜麼？況且衙門裡的大老爺也還沒有告示，……」

七斤嫂沒有聽完，兩個耳朵早通紅了；便將筷子轉過向來，指著八一嫂的鼻子，說，「阿呀，這是什麼話呵！八一嫂，我自己看來倒還是一個人，會說出這樣昏誕糊塗話麼？那時我是，整整哭了三天，誰都看見；連六斤這小鬼也都哭，……」六斤剛吃完一大碗飯，拿了空碗，伸手去嚷著要添。七斤嫂正沒好氣，便用筷子在伊的雙丫角中間，直扎下去，大喝道，「誰要你來多嘴！你這偷漢的小寡婦！」

撲的一聲，六斤手裡的空碗落在地上了，恰巧又碰著一塊磚角，立刻破成一個很大的缺口。七斤直跳起來，撿起破碗，合上了檢查一回，也喝道，「入娘的！」一巴掌打倒了六斤。六斤躺著哭，九斤老太拉了伊的手，連說著「一代不如一代」，一同走了。

八一嫂也發怒，大聲說，「七斤嫂，你『恨棒打人』……」

趙七爺本來是笑著旁觀的；但自從八一嫂說了「衙門裡的大老爺沒有告示」這話以後，卻有些生氣了。這時他已經繞出桌旁，接著說「『恨棒打人』，算什麼呢。大兵是就要到的。你可知道，這回保駕的是張大帥④，張大帥就是燕人張翼德的後代，他一支丈八蛇矛，就有萬夫不當之勇，誰能抵擋他，」他兩手同時捏起空拳，彷彿握著無形的蛇矛模樣，向八一嫂搶進幾步道，「你能抵擋他麼！」

八一嫂正氣得抱著孩子發抖，忽然見趙七爺滿臉油汗，瞪著眼，準對伊衝過來，便十分害怕，不敢說完話，回身走了。趙七爺也跟著走去，眾人一面怪八一嫂多事，一面讓開路，幾個剪過辮子重新留起的便趕快躲在人叢後面，怕他看見。趙七爺也不細心察訪，通過人叢，忽然轉入烏桕樹後，說道「你能抵擋他麼！」跨上獨木橋，揚長去了。

村人們呆呆站著，心裡計算，都覺得自己確乎抵不住張翼德，因此也決定七斤便要沒有性命。七斤既然犯了皇法，想起他往常對人談論城中的新聞的時候，就不該含著長煙管顯出那般驕傲模樣，所以對於七斤的犯法，也覺得有些暢快。他們也彷彿想發些議論，卻又覺得沒有什麼議論可發。嗡嗡的一陣亂嚷，蚊子都撞過赤膊身子，闖到烏桕樹下去做市；他們也就慢慢地走散回家，關上門去睡覺。七斤嫂咕噥著，也收了傢伙和桌子矮凳回家，關上門睡覺了。

七斤將破碗拿回家裡，坐在門檻上吸煙；但非常憂愁，忘卻了吸煙，象牙嘴六尺多長湘妃竹煙管的白銅斗裡的火光，漸漸發黑了。他心裡但覺得事情似乎十分危急，也想想些方法，想些計畫，但總是非常模糊，貫穿不得：「辮子呢辮子？丈八蛇矛。一代不如一代！皇帝坐龍庭。破的碗須得上城去釘好。誰能抵擋他？書上一條一條寫著。入娘的！……」

第二日清晨，七斤依舊從魯鎮撐航船進城，傍晚回到魯鎮，又拿著六尺多長的湘妃竹煙管和一個飯碗回村。他在晚飯席上，對九斤老太說，這碗是在城內釘合的，因爲缺口大，所以要十六個銅釘，三文一個，一總用了四十八文小錢。

九斤老太很不高興的說，「一代不如一代，我是活夠了。三文錢一個釘；從前的釘，這樣的麼？從前的釘是……我活了七十九歲了，——」

此後七斤雖然是照例日日進城，但家景總有些黯淡，村人大抵迴避著，不再來聽他從城內得來的新聞。七斤嫂也沒有好聲氣，還時常叫他「囚徒」。

過了十多日，七斤從城內回家，看見他的女人非常高興，問他說，「你在城裡可聽到些什麼？」

「沒有聽到些什麼。」

「皇帝坐了龍庭沒有呢？」

「他們沒有說。」

「咸亨酒店裡也沒有人說麼？」

「也沒人說。」

「我想皇帝一定是不坐龍庭了。我今天走過趙七爺的店前，看見他又坐著唸書了，辮子又盤在頭頂上了，也沒有穿長衫。」

「……」

「你想，不坐龍庭了罷？」

「我想，不坐了罷。」

現在的七斤，是七斤嫂和村人又都早給他相當的尊敬，相當的待遇了。到夏天，他們仍舊在自家門口的土場上吃飯；大家見了，都笑嘻嘻的招呼。九斤老太早已做過八十大壽，仍然不平而且康健。六斤的雙丫角，已經變成一支大辮子了；伊雖然新近裹腳，卻還能幫同七斤嫂做事，捧著十八個銅釘⑤的飯碗，在土場上一瘸一拐的往來。

一九二〇年十月⑥

注釋

①本篇最初發表於一九二〇年九月《新青年》第八卷第一號。

②**伊的兒媳**　從上下文看，這裡的「兒媳」應是「孫媳」。

③**金聖嘆批評的《三國志》**　指小說《三國演義》。金聖嘆（1609-1661），明末清初文人，曾批注《水滸》、《西廂記》等書，他把所加的序文、讀法和評語等稱爲「聖嘆外書」。《三國演義》是元

末明初羅貫中所著，後經清代毛宗崗改編，附加評語，卷首有假托爲金聖嘆所作的序，每回前亦有「聖嘆外書」字樣，通常就都把這評語認爲金聖嘆所作。

④**張大帥** 指張勳（1854-1923），江西奉新人，北洋軍閥之一。原爲清朝軍官，辛亥革命後，他和所部官兵仍留著辮子，表示忠於清王朝，被稱爲辮子軍。一九一七年七月一日他在北京扶持清廢帝溥儀復辟，七月十二日即告失敗。

⑤**十八個銅釘** 據上文應是「十六個」。作者在一九二六年十一月二十三日致李霽野的信中曾說：「六斤家只有這一個釘過的碗，釘是十六或十八，我也記不清了。總之兩數之一是錯的，請改成一律。」

⑥據《魯迅日記》，本篇當作於一九二〇年八月五日。

故鄉①

我冒了嚴寒，回到相隔二千餘里，別了二十餘年的故鄉去。

時候既然是深冬；漸近故鄉時，天氣又陰晦了，冷風吹進船艙中，嗚嗚的響，從篷隙向外一望，蒼黃的天底下，遠近橫著幾個蕭索的荒村，沒有一些活氣。我的心禁不住悲涼起來了。

阿！這不是我二十年來時時記得的故鄉？

我所記得的故鄉全不如此。我的故鄉好得多了。但要我記起他的美麗，說出他的佳處來，卻又沒有影像，沒有言辭了。彷彿也就如此。於是我自己解釋說：故鄉本也如此，——雖然沒有進步，也未必有如我所感的悲涼，這只是我自己心情的改變罷了，因為我這次回鄉，本沒有什麼好心緒。

我這次是專為了別他而來的。我們多年聚族而居的老屋，已經公同賣給別姓了，交屋的期限，只在本年，所以必須趕在正月初一以前，永別了熟識的老屋，而且遠離了熟識的故鄉，搬家到我在謀食的異地去。

第二日清早晨我到了我家的門口了。瓦楞上許多枯草的斷莖當風抖著，正在說明這老屋難免易主的原因。幾房的本家大約已經搬走了，所以很寂靜。我到了自家的房外，我的母親早已迎著出來了，接著便飛出了八歲的侄兒宏兒。

我的母親很高興，但也藏著許多淒涼的神情，教我坐下，歇息，喝茶，且不談搬家的事。宏兒沒有見過我，遠遠的對面站著只是看。

但我們終於談到搬家的事。我說外間的寓所已經租定了，又買了幾件家具，此外須將家裡所有的木器賣去，再去增添。母親也說好，而且行李也略已齊集，木器不便搬運的，也小半賣去了，只是收不起錢來。

「你休息一兩天，去拜望親戚本家一回，我們便可以走了。」母親說。

「是的。」

「還有閏土，他每到我家來時，總問起你，很想見你一回面。我已經將你到家的大約日期通知他，他也許就要來了。」

這時候，我的腦裡忽然閃出一幅神異的圖畫來：深藍的天空中掛著一輪金黃的圓月，下面是海邊的沙地，都種著一望無際的碧綠的西瓜，其間有一個十一二歲的少年，項帶銀圈，手捏一柄鋼叉，向一匹猹②盡力的刺去，那猹卻將身一扭，反從他的胯下逃走了。

這少年便是閏土。我認識他時，也不過十多歲，離現在將有三十年了；那時我的父親還在世，家景也好，我正是一個少爺。那一年，我家是一件大祭祀的值年③。這祭祀，說是三十多年才能輪到一回，所以很鄭重；正月裡供祖像，供品很多，祭器很講究，拜的人也很多，祭器也很要防偷去。我家只有一個忙月（我們這裡給人做工的分三種：整年給一定人家做工的叫長年；按日給人做工的叫短工；自己也種地，只在過年過節以及收租時候來給一定的人家做工的稱忙月），忙不過來，他便對父親說，可以叫他的兒子閏土來管祭器的。

我的父親允許了；我也很高興，因爲我早聽到閏土這名字，而且知道他和我彷彿年紀，閏月生的，五行缺土④，所以他的父親叫他閏土。他是能裝弶捉小鳥雀的。

我於是日日盼望新年，新年到，閏土也就到了。好容易到了年末，有一日，母親告訴我，閏土來了，我便飛跑的去看。他正在廚房裡，紫色的圓臉，頭戴一頂小氈帽，頸上套一個明晃晃的銀項圈，這可見他的父親十分愛他，怕他死去，所以在神佛面前許下願心，用圈子將他套住了。他見人很怕羞，只是不怕我，沒有旁人的時候，便和我說話，於是不到半日，我們便熟識了。

我們那時候不知道談些什麼，只記得閏土很高興，說是上城之後，見了許多沒有見過的東西。

第二日，我便要他捕鳥。他說：

「這不能。須大雪下了才好。我們沙地上，下了雪，我掃出一塊空地來，用短棒支起一個大竹匾，撒下秕穀，看鳥雀來吃時，我遠遠地將縛在棒上的繩子只一拉，那鳥雀就罩在竹匾下了。什麼都有：稻雞，角雞，鵓鴣，藍背……」

我於是又很盼望下雪。

閏土又對我說：

「現在太冷，你夏天到我們這裡來。我們日裡到海邊撿貝殼去，紅的綠的都有，鬼見怕也有，觀音手⑤也有。晚上我和爹管西瓜去，你也去。」

「管賊麼？」

「不是。走路的人口渴了摘一個瓜吃，我們這裡是不算偷的。要管的是獾豬，刺蝟，猹。月亮地下，你聽，啦啦的響了，猹在咬瓜了。你便捏了胡叉，輕輕地走去……」

我那時並不知道這所謂猹的是怎麼一件東西——便是現在也沒有知道——只是無端的覺得狀如小狗而很凶猛。

「他不咬人麼？」

「有胡叉呢。走到了，看見猹了，你便刺。這畜生很伶俐，倒向你奔來，反從胯下竄了。他的皮毛是油一般的滑……」

我素不知道天下有這許多新鮮事：海邊有如許五色的貝殼；西瓜有這樣危險的經歷，我先前單知道他在水果店裡出賣罷了。

「我們沙地裡，潮汛要來的時候，就有許多跳魚兒只是跳，都有青蛙似的兩個腳……」

阿！閏土的心裡有無窮無盡的稀奇的事，都是我往常的朋友所不知道的。他們不知道一些事，閏土在海邊時，他們都和我一樣只看見院子裡高牆上的四角的天空。

可惜正月過去了，閏土須回家裡去，我急得大哭，他也躲到廚房裡，哭著不肯出門，但終於被他父親帶走了。他後來還託他的父親帶給我一包貝殼和幾支很好看的鳥毛，我也曾送他一兩次東西，但從此沒有再見面。

現在我的母親提起了他，我這兒時的記憶，忽而全都閃電似的甦生過來，似乎看到了我的美麗的故鄉了。我應聲說：

「這好極！他，——怎樣？……」

「他？……他景況也很不如意……」母親說著，便向房外看，「這些人又來了。說是買木器，順手也就隨便拿走的，我得去看看。」

母親站起身，出去了。門外有幾個女人的聲音。我便招宏兒走近面前，和他閑話：問他可會寫字，可願意出門。

「我們坐火車去麼？」

「我們坐火車去。」

「船呢？」

「先坐船，……」

「哈！這模樣了！鬍子這麼長了！」一種尖利的怪聲突然大叫起來。

我吃了一驚，趕忙抬起頭，卻見一個凸顴骨，薄嘴唇，五十歲上下的女人站在我面前，兩手搭在髀間，沒有繫裙，張著兩腳，正像一個畫圖儀器裡細腳伶仃的圓規。

我愕然了。

「不認識了麼？我還抱過你咧！」

我愈加愕然了。幸而我的母親也就進來，從旁說：

「他多年出門，統忘卻了。你該記得罷，」便向著我說，「這是斜對門的楊二嫂，……開豆腐店的。」

哦，我記得了。我孩子時候，在斜對門的豆腐店裡確乎終日坐著一個楊二嫂，人都叫伊「豆腐西施」⑥。但是擦著白粉，顴骨沒有這麼高，嘴唇也沒有這麼薄，而且終日坐著，我也從沒有見過這圓規式的姿勢。那時人說：因為伊，這豆腐店的買賣非常好。但這大約因為年齡的關係，我卻並未蒙著一毫感化，所以竟完全忘卻了。然而圓規很不平，顯出鄙夷的神色，彷彿嗤笑法國人不知道拿破崙⑦，美國人不知道華盛頓⑧似的，冷笑說：

「忘了？這真是貴人眼高……」

「那有這事……我……」我惶恐著，站起來說。

「那麼，我對你說。迅哥兒，你闊了，搬動又笨重，你還要什麼這些破爛木器，讓我拿去罷。我們小戶人家，用得著。」

「我並沒有闊哩。我須賣了這些，再去……」

「阿呀呀，你放了道台⑨了，還說不闊？你現在有三房姨太太；出門便是八抬的大轎，還說不闊？嚇，什麼都瞞不過我。」

我知道無話可說了，便閉了口，默默的站著。

「阿呀阿呀，真是愈有錢，便愈是一毫不肯放鬆，愈是一毫不肯放鬆，便愈有錢……」圓規一面憤憤的回轉身，一面絮絮的說，慢慢向外走，順便將我母親的一副手套塞在褲腰裡，出去了。

此後又有近處的本家和親戚來訪問我。我一面應酬，偷空便收拾些行李，這樣的過了三四天。

一日是天氣很冷的午後，我吃過午飯，坐著喝茶，覺得外面有人進來了，便回頭去看。我看時，不由得非常吃驚，慌忙站起身，迎著走去。

這來的便是閏土。雖然我一見便知道是閏土，但又不是我這記憶上的閏土了。他身材增加了一倍；先前的紫色的圓臉，已經變作灰黃，而且加上了很深的皺紋；眼睛也像他父親一樣，周圍都腫得通紅，這我知道，在海邊種地的人，終日吹著海風，大抵是這樣的。他頭上是一頂破氈帽，身上只一件極薄的棉衣，渾身瑟索著；手裡提著一個紙包和一支長煙管，那手也不是我所記得的紅活圓實的手，卻又粗又笨而且裂開，像是鬆樹皮了。

我這時很興奮，但不知道怎麼說才好，只是說：

「阿！閏土哥，——你來了？……」

我接著便有許多話，想要連珠一般湧出：角雞，跳魚兒，貝殼，猹，……但總覺得被什麼擋著似的，單在腦裡面迴旋，吐不出口外去。

他站住了，臉上現出歡喜和淒涼的神情；動著嘴唇，卻沒有作聲。他的態度終於恭敬起來了，分明的叫道：

「老爺！……」

我似乎打了一個寒噤；我就知道，我們之間已經隔了一層可悲的厚障壁了。我也說不出話。

他回過頭去說，「水生，給老爺磕頭。」便拖出躲在背後的孩子來，這正是一個廿年前的閏土，只是黃瘦些，頸子上沒有銀圈罷了。「這是第五個孩子，沒有見過世面，躲躲閃閃……」

母親和宏兒下樓來了，他們大約也聽到了聲音。

「老太太。信是早收到了。我實在歡喜的了不得，知道老爺回來……」閏土說。

「阿，你怎的這樣客氣起來。你們先前不是哥弟稱呼麼？還是照舊：迅哥兒。」母親高興的說。

「啊呀，老太太真是……這成什麼規矩。那時是孩子，不懂事……」閏土說著，又叫水生上來打拱，那孩子卻害羞，緊緊的只貼在他背後。

「他就是水生？第五個？都是生人，怕生也難怪的；還是宏兒和他去走走。」母親說。

宏兒聽得這話，便來招水生，水生卻鬆鬆爽爽同他一路出去了。母親叫閏土坐，他遲疑了一回，終於就了坐，將長煙管靠在桌旁，遞過紙包來，說：

「冬天沒有什麼東西了。這一點乾青豆倒是自家曬在那裡的，請老爺……」

我問問他的景況。他只是搖頭。

「非常難。第六個孩子也會幫忙了，卻總是吃不夠……又不太平……什麼地方都要錢，沒有定規……收成又壞。種出東西來，挑去賣，總要捐幾回錢，折了本；不去賣，又只能爛掉……」

他只是搖頭；臉上雖然刻著許多皺紋，卻全然不動，彷彿石像一般。他大約只是覺得苦，卻又形容不出，沉默了片時，便拿起煙管來默默的吸煙了。

母親問他，知道他的家裡事務忙，明天便得回去；又沒有吃過午飯，便叫他自己到廚下炒飯吃去。

他出去了；母親和我都嘆息他的景況：多子，饑荒，苛稅，兵，匪，官，紳，都苦得他像一個木偶人了。母親對我說，凡是不必搬走的東西，盡可以送他，可以聽他自己去揀擇。

下午，他揀好了幾件東西：兩條長桌，四個椅子，一副香爐和燭台，一杆抬秤。他又要所有的草灰（**我們這裡煮飯是燒稻草的，那灰，可以做沙地的肥料**），待我們啓程的時候，他用船來載去。

夜間，我們又談些閒天，都是無關緊要的話；第二天早晨，他就領了水生回去了。

又過了九日，是我們啓程的日期。閏土早晨便到了，水生沒有同來，卻只帶著一個五歲的女兒管船隻。我們終日很忙碌，再沒有談天的工夫。來客也不少，有送行的，有拿東西的，有送行兼拿東西的。待到傍晚我們上船的時候，這老屋裡的所有破舊大小粗細東西，已經一掃而空了。

我們的船向前走，兩岸的青山在黃昏中，都裝成了深黛顏色，連著退向船後梢去。

宏兒和我靠著船窗，同看外面模糊的風景，他忽然問道：

「大伯！我們什麼時候回來？」

「回來？你怎麼還沒有走就想回來了。」

「可是，水生約我到他家玩去咧……」他睜著大的黑眼睛，癡癡的想。

我和母親也都有些惘然，於是又提起閏土來。母親說，那豆腐西施的楊二嫂，自從我家收拾行李以來，本是每日必到的，前天伊在灰堆裡，掏出十多個碗碟來，議論之後，便定說是閏土埋著的，他可以在運灰的時候，一齊搬回家裡去；楊二嫂發現了這件事，自己很以爲功，便拿了那狗氣殺（**這是我們這裡養雞的器具，木盤上面有著柵欄，內盛食料，雞可以伸進頸子去啄，狗卻不能，只能看著氣死**），飛也似的跑了，虧伊裝著這麼高底的小腳，竟跑得這樣快。

老屋離我愈遠了；故鄉的山水也都漸漸遠離了我，但我卻並不感到怎樣的留戀。我只覺得我四面有看不見的高牆，將我隔成孤身，使我非常氣悶；那西瓜地上的銀項圈的小英雄的影像，我本來十分清楚，現在卻忽地模糊了，又使我非常的悲哀。

母親和宏兒都睡著了。

我躺著，聽船底潺潺的水聲，知道我在走我的路。我想：我竟與閏土隔絕到這地步了，但我們的後輩還是一氣，宏兒不是正在想念水生麼。我希望他們不再像我，又大家隔膜起來……然而我又不願意他們因爲要一氣，都如我的辛苦輾轉而生活，也不願意他們都如閏土的辛苦麻木而生活，也不願意都如別人的辛苦恣睢而生活。他們應該有新的生活，爲我們所未經生活過的。

我想到希望，忽然害怕起來了。閏土要香爐和燭台的時候，我還暗地裡笑他，以爲他總是崇拜偶像，什麼時候都不忘卻。現在我所謂希望，不也是我自己手製的偶像麼？只是他的願望切近，我的願望茫遠罷了。

我在朦朧中，眼前展開一片海邊碧綠的沙地來，上面深藍的天空中掛著一輪金黃的圓月。我想：希望是本無所謂有，無所謂無的。這正如地上的路，其實地上本沒有路，走的人多了，也便成了路。

一九二一年一月

注釋

①本篇最初發表於一九二一年五月《新青年》第九卷第一號。

②猹　作者在一九二九年五月四日致舒新城的信中說：「『猹』字是我據鄉下人所說的聲音，生造出來的，讀如『查』，現在想起來，也許是獾罷。」

③**大祭祀的值年**　封建社會中的大家族，每年都有祭祀祖先的活動，費用從族中「祭產」收入支取，由各房按年輪流主持，輪到的稱爲「值年」。

④**五行缺土**　舊社會所謂算「八字」的迷信說法。即用天干（**甲乙丙丁戊己庚辛壬癸**）和地支（**子丑寅卯辰巳午未申酉戌亥**）相配，來記一個人出生的年、月、日、時，各得兩字，合爲「八字」；又認爲它們在五行（**金、木、水、火、土**）中各有所屬，如甲乙寅卯屬木，丙丁巳午屬火等等，如八個字能包括五者，就是五行俱全。「五行缺土」，就是這八個字中沒有屬土的字，需用土或土作偏旁的字取名等辦法來彌補。

⑤鬼見怕和觀音手，都是小貝殼的名稱。舊時浙江沿海的人把這種小貝殼用線串在一起，戴在孩子的手腕或腳踝上，認爲可以「避邪」。這類名稱多是根據「避邪」的意思取的。

⑥**西施**　春秋時越國的美女，後來用以泛稱一般美女。

⑦**拿破崙**（N.Bonaparte, 1769–1821）　即拿破崙·波拿巴，法國資產階級革命時期的軍事家、政治家。一七九九年擔任共和國執政。一八〇四年建立法蘭西第一帝國，自稱拿破崙一世。

⑧**華盛頓**（G.Washington, 1732–1799）　即喬治·華盛頓，美國政治家。他曾領導一七七五年至一七八三年美國反對英國殖民統治的獨立戰爭，勝利後任美國第一任總統。

⑨**道台**　清朝官職道員的俗稱，分總管一個區域行政職務的道員和專掌某一特定職務的道員。前者是省以下、府州以上的行政長官；後者掌管一省特定事務，如督糧道、兵備道等。辛亥革命後，北洋

軍閥政府也曾沿用此制，改稱道尹。

阿Q正傳①

一　序

我要給阿Q做正傳，已經不止一兩年了。但一面要做，一面又往回想，這足見我不是一個「立言」②的人，因爲從來不朽之筆，須傳不朽之人，於是人以文傳，文以人傳——究竟誰靠誰傳，漸漸的不甚了然起來，而終於歸結到傳阿Q，彷彿思想裡有鬼似的。

然而要做這一篇速朽的文章，才下筆，便感到萬分的困難了。第一是文章的名目。孔子曰，「名不正則言不順」③。這原是應該極注意的。傳的名目很繁多：列傳，自傳，內傳④，外傳，別傳，家傳，小傳……，而可惜都不合。「列傳」麼，這一篇並非和許多闊人排在「正史」⑤裡；「自傳」麼，我又並非就是阿Q。說是「外傳」，「內傳」在那裡呢？倘用「內傳」，阿Q又絕不是神仙。「別傳」呢，阿Q實在未曾有大總統上諭宣付國史館立「本傳」⑥——雖說英國正史上並無「博徒列傳」，而文豪迭更司⑦也做過《博徒別傳》這一部書，但文豪則可，在我輩卻不可的。其次是「家傳」，則我既不知與阿Q是否同宗，也未曾受他子孫的拜託；或「小傳」，則阿Q又更無別的「大傳」了。總而言之，這一篇也便是「本傳」，但從我的文章著想，因爲文體卑下，是「引車賣漿者流」所用的話⑧，所以不敢僭稱，便從不入三教九流的小說家⑨所謂「閑話休題言歸正傳」這一句套話裡，取出「正傳」兩個字來，作爲名目，即使與古人所撰《書法正傳》⑩的「正傳」字面上很相混，也顧不得了。

第二，立傳的通例，開首大抵該是「某，字某，某地人也」，而我並不知道阿Q姓什麼。有一回，他似乎是姓趙，但第二日便模糊了。那是趙太爺的兒子進了秀才的時候，鑼聲鏜鏜的報到村裡來，阿Q正喝了兩碗黃酒，便手舞足蹈的說，這於他也很光采，因爲他和趙太爺原來是本家，細細的排起來他還比秀才長三輩呢。其時幾個旁聽人倒也肅然的有些起敬了。那知道第二天，地保便叫阿Q到趙太爺家裡去；太爺一見，滿臉濺朱，喝道：

「阿Q，你這渾小子！你說我是你的本家麼？」

阿Q不開口。

趙太爺愈看愈生氣了，搶進幾步說：「你敢胡說！我怎麼會有你這樣的本家？你姓趙麼？」

阿Q不開口，想往後退了；趙太爺跳過去，給了他一個嘴巴。

「你怎麼會姓趙！——你那裡配姓趙！」

阿Q並沒有抗辯他確鑿姓趙，只用手摸著左頰，和地保退出去了；外面又被地保訓斥了一番，謝了地保二百文酒錢。知道的人都說阿Q太荒唐，自己去招打；他大約未必姓趙，即使真姓趙，有趙太爺在這裡，也不該如此胡說的。此後便再沒有人提起他的氏族來，所以我終於不知道阿Q究竟什麼姓。

第三，我又不知道阿Q的名字是怎麼寫的。他活著的時候，人都叫他阿Quei，死了之後，便沒有一個人再叫阿Quei了，那裡還會有「著之竹帛」⑪的事。若論「著之竹帛」，這篇文章要算第一次，所以先遇著了這第一個難關。我曾經仔細想：阿Quei，阿桂還是阿貴呢？倘使他號叫月亭，或者在八月間做過生日，那一定是阿桂了；而他既沒有號──也許有號，只是沒有人知道他，──又未嘗散過生日徵文的帖子：寫作阿桂，是武斷的。又倘若他有一位老兄或令弟叫阿富，那一定是阿貴了；而他又只是一個人：寫作阿貴，也沒有佐證的。其餘音Quei的偏僻字樣，更加湊不上了。先前，我也曾問過趙太爺的兒子茂才⑫先生，誰料博雅如此公，竟也茫然，但據結論說，是因爲陳獨秀辦了《新青年》提倡洋字⑬，所以國粹淪亡，無可查考了。我的最後的手段，只有記一個同鄉去查阿Q犯事的案卷，八個月之後才有回信，說案卷裡並無與阿Quei的聲音相近的人。我雖不知道是真沒有，還是沒有查，然而也再沒有別的方法了。生怕注音字母還未通行，只好用了「洋字」，照英國流行的拚法寫他爲阿Quei，略作阿Q。這近於盲從《新青年》，自己也很抱歉，但茂才公尚且不知，我還有什麼好辦法呢。

第四，是阿Q的籍貫了。倘他姓趙，則據現在好稱郡望的老例，可以照《郡名百家姓》⑭上的注釋，說是「隴西天水人也」，但可惜這姓是不甚可靠的，因此籍貫也就有些絕不定。他雖然多住未莊，然而也常常宿在別處，不能說是未莊人，即使說是「未莊人也」，也仍然有乖史法的。

我所聊以自慰的，是還有一個「阿」字非常正確，絕無附會假借的缺點，頗可以就正於通人。

至於其餘，卻都非淺學所能穿鑿，只希望有「歷史癖與考據癖」的胡適之⑮先生的門人們，將來或者能夠尋出許多新端緒來，但是我這《阿Q正傳》到那時卻又怕早經消滅了。

以上可以算是序。

二　優勝記略

阿Q不獨是姓名籍貫有些渺茫，連他先前的「行狀」⑯也渺茫。因為未莊的人們之於阿Q，只要他幫忙，只拿他玩笑，從來沒有留心他的「行狀」的。而阿Q自己也不說，獨有和別人口角的時候，間或瞪著眼睛道：

「我們先前——比你闊的多啦！你算是什麼東西！」

阿Q沒有家，住在未莊的土穀祠⑰裡；也沒有固定的職業，只給人家做短工，割麥便割麥，舂米便舂米，撐船便撐船。工作略長久時，他也或住在臨時主人的家裡，但一完就走了。所以，人們忙碌的時候，也還記起阿Q來，然而記起的是做工，並不是「行狀」；一閒空，連阿Q都早忘卻，更不必說「行狀」了。只是有一回，有一個老頭子頌揚說：「阿Q真能做！」這時阿Q赤著膊，懶洋洋的瘦伶仃的正在他面前，別人也摸不著這話是真心還是譏笑，然而阿Q很喜歡。

阿Q又很自尊，所有未莊的居民，全不在他眼睛裡，甚而至於對於兩位「文童」⑱也有以為不值一笑的神情。夫文童者，將來恐怕要變秀才者也；趙太爺錢太爺大受居民的尊敬，除有錢之外，就因爲都是文童的爹爹，而阿Q在精神上獨不表格外的崇奉，他想：我的兒子會闊得多啦！加以進了幾回城，阿Q自然更自負，然而他又很鄙薄城裡人，譬如用三尺長三寸寬的木板做成的凳子，未莊叫「長凳」，他也叫「長凳」，城裡人卻叫「條凳」，他想：這是錯的，可笑！油煎大頭魚，未莊都加上半寸長的蔥葉，城裡卻加上切細的蔥絲，他想：這也是錯的，可笑！然而未莊人真是不見世面的可笑的鄉下人呵，他們沒有見過城裡的煎魚！

阿Q「先前闊」，見識高，而且「真能做」，本來幾乎是一個「完人」了，但可惜他體質上還有一些缺點。最惱人的是在他頭皮上，頗有幾處不知起於何時的癩瘡疤。這雖然也在他身上，而看阿Q的意思，倒也似乎以爲不足貴的，因爲他諱說「癩」以及一切近於「賴」的音，後來推而廣之，「光」也諱，「亮」也諱，再後來，連「燈」「燭」都諱了。一犯諱，不問有心與無心，阿Q便全疤通紅的發起怒來，估量了對手，口訥的他便罵，氣力小的他便打；然而不知怎麼一回事，總還是阿Q吃虧的時候多。於是他漸漸的變換了方針，大抵改爲怒目而視了。

誰知道阿Q採用怒目主義之後，未莊的閒人們便愈喜歡玩笑他。一見面，他們便假作吃驚的說：

「噲，亮起來了。」

阿Q照例的發了怒，他怒目而視了。

「原來有保險燈在這裡！」他們並不怕。

阿Q沒有法，只得另外想出報復的話來：

「你還不配……」這時候，又彷彿在他頭上的是一種高尚的光榮的癩頭瘡，並非平常的癩頭瘡了；但上文說過，阿Q是有見識的，他立刻知道和「犯忌」有點抵觸，便不再往底下說。

閒人還不完，只撩他，於是終而至於打。阿Q在形式上打敗了，被人揪住黃辮子，在壁上碰了四五個響頭，閒人這才心滿意足的得勝的走了，阿Q站了一刻，心裡想，「我總算被兒子打了，現在的世界真不像樣……」於是也心滿意足的得勝的走了。

阿Q想在心裡的，後來每每說出口來，所以凡有和阿Q玩笑的人們，幾乎全知道他有這一種精神上的勝利法，此後每逢揪住他黃辮子的時候，人就先一著對他說：

「阿Q，這不是兒子打老子，是人打畜牲。自己說：人打畜牲！」

阿Q兩隻手都捏住了自己的辮根，歪著頭，說道：

「打蟲豸，好不好？我是蟲豸——還不放麼？」

但雖然是蟲豸，閒人也並不放，仍舊在就近什麼地方給他碰了五六個響頭，這才心滿意足的得勝的走了，他以為阿Q這回可遭了瘟。然而不到十秒鐘，阿Q也心滿意足的得勝的走了，他覺得他是第一個能夠自輕自賤的人，除了「自輕自賤」不算外，餘下的就是「第一個」。狀元⑲不也是「第一個」麼？「你算是什麼東西」呢？

阿Q以如是等等妙法克服怨敵之後，便愉快的跑到酒店裡喝幾碗酒，又和別人調笑一通，口角一通，又得了勝，愉快的回到土穀祠，放倒頭睡著了。假使有錢，他便去押牌寶⑳，一堆人蹲在地面上，阿Q即汗流滿面的夾在這中間，聲音他最響：

「青龍四百！」

「咳——開——啦！」莊家揭開盒子蓋，也是汗流滿面的唱。「天門啦——角回啦——！人和穿堂空在那裡啦——！阿Q的銅錢拿過來——！」

「穿堂一百——一百五十！」

阿Q的錢便在這樣的歌吟之下，漸漸的輸入別個汗流滿面的人物的腰間。他終於只好擠出堆外，站在後面看，替別人著急，一直到散場，然後戀戀的回到土豆祠，第二天，腫著眼睛去工作。

但真所謂「塞翁失馬安知非福」㉑罷，阿Q不幸而贏了一回，他倒幾乎失敗了。

這是未莊賽神㉒的晚上。這晚上照例有一台戲，戲台左近，也照例有許多的賭攤。做戲的鑼鼓，在阿Q耳朵裡彷彿在十里之外；他只聽得莊家的歌唱了。他贏而又贏，銅錢變成角洋，角洋變成大洋，大洋又成了疊。他興高采烈得非常：

「天門兩塊！」

他不知道誰和誰為什麼打起架來了。罵聲打聲腳步聲，昏頭昏腦的一大陣，他才爬起來，賭攤不見了，人們也不見了，身上有幾處很似乎有些痛，似乎也挨了幾拳幾腳似的，幾個人詫異的對他看。他如有所失的走進土穀祠，定一定神，知道他的一堆洋錢不見了。趕賽會的賭攤多不是本村人，還到那裡去尋根柢呢？

很白很亮的一堆洋錢！而且是他的——現在不見了！說是算被兒子拿去了罷，總還是忽忽不樂；說自己是蟲豸罷，也還是忽忽不樂：他這回才有些感到失敗的苦痛了。

但他立刻轉敗為勝了。他擎起右手，用力的在自己臉上連打了兩個嘴巴，熱刺刺的有些痛；打完之後，便心平氣和起來，似乎打的是自己，被打的是別一個自己，不久也就彷彿是自己打了別個一般，——雖然還有些熱刺刺，——心滿意足的得勝的躺下了。

他睡著了。

三 續優勝記略

然而阿Q雖然常優勝，卻直待蒙趙太爺打他嘴巴之後，這才出了名。

他付過地保二百文酒錢，憤憤的躺下了，後來想：「現在的世界太不成話，兒子打老子……」於是忽而想到趙太爺的威風，而現在是他的兒子了，便自己也漸漸的得意起來，爬起身，唱著《小孤孀上墳》㉓到酒店去。這時候，他又覺得趙太爺高人一等了。

說也奇怪，從此之後，果然大家也彷彿格外尊敬他。這在阿Q，或者以為因為他是趙太爺的父親，而其實也不然。未莊通例，倘如阿七打阿八，或者李四打張三，向來本不算一件事，必須與一位名人如趙太爺者相關，這才載上他們的口碑。一上口碑，則打的既有名，被打的也就託庇有了名。至於錯在阿Q，那自然是不必說。所以者何？就因爲趙太爺是不會錯的。但他既然錯，爲什麼大家又彷彿格外尊敬他呢？這可難解，穿鑿起來說，或者因爲阿Q說是趙太爺的本家，雖然挨了打，大家也還怕有些真，總不如尊敬一些穩當。否則，也如孔廟裡的太牢㉔一般，雖然與豬羊一樣，同是畜牲，從既經聖人下箸，先儒們便不敢妄動了。

阿Q此後倒得意了許多年。

有一年的春天，他醉醺醺的在街上走，在牆根的日光下，看見王鬍在那裡赤著膊捉虱子，他忽然覺得身上也癢起來了。這王鬍，又癩又鬍，別人都叫他王癩鬍，阿Q卻刪去了一個癩字，然而非常渺視他。阿Q的意思，以爲癩是不足爲奇的，只有這一部絡腮鬍子，實在太新奇，令人看不上眼。他於是並排坐下去了。倘是別的閒人們，阿Q本不敢大意坐下去。但這王鬍旁邊，他有什麼怕呢？老實說：他肯坐下去，簡直還是抬舉他。

阿Q也脫下破夾襖來，翻檢了一回，不知道因爲新洗呢還是因爲粗心，許多工夫，只捉到三四個。他看那王鬍，卻是一個又一個，兩個又三個，只放在嘴裡畢畢剝剝的響。

阿Q最初是失望，後來卻不平了：看不上眼的王鬍尚且那麼多，自己倒反這樣少，這是怎樣的大失體統的事呵！他很想尋一兩個大的，然而竟沒有，好容易才捉到一個中的，恨恨的塞在厚嘴唇裡，狠命一咬，劈的一聲，又不及王鬍響。

他癩瘡疤塊塊通紅了，將衣服摔在地上，吐一口唾沫，說：

「這毛蟲！」

「癩皮狗，你罵誰？」王鬍輕蔑的抬起眼來說。

阿Q近來雖然比較的受人尊敬，自己也更高傲些，但和那些打慣的閒人們見面還膽怯，獨有這回卻非常武勇了。這樣滿臉鬍子的東西，也敢出言無狀麼？

「誰認便罵誰！」他站起來，兩手叉在腰間說。

「你的骨頭癢了麼？」王鬍也站起來，披上衣服說。

阿Q以為他要逃了，搶進去就是一拳。這拳頭還未達到身上，已經被他抓住了，只一拉，阿Q蹌蹌踉踉的跌進去，立刻又被王鬍扭住了辮子，要拉到牆上照例去碰頭。

「『君子動口不動手』！」阿Q歪著頭說。

王鬍似乎不是君子，並不理會，一連給他碰了五下，又用力的一推，至於阿Q跌出六尺多遠，這才滿足的去了。

在阿Q的記憶上，這大約要算是生平第一件的屈辱，因為王鬍以絡腮鬍子的缺點，向來只被他奚落，從沒有奚落他，更不必說動手了。而他現在竟動手，很意外，難道真如市上所說，皇帝已經停了考㉕，不要秀才和舉人了，因此趙家減了威風，因此他們也便小覷了他麼？

阿Q無可適從的站著。

遠遠的走來了一個人，他的對頭又到了。這也是阿Q最厭惡的一個人，就是錢太爺的大兒子。他先前跑上城裡去進洋學堂，不知怎麼又跑到東洋去了，半年之後他回到家裡來，腿也直了，辮子也不見了，他的母親大哭了十幾場，他的老婆跳了三回井。後來，他的母親到處說，「這辮子是被壞人灌醉了酒剪去的。本來可以做大官，現在只好等留長再說了。」然而阿Q不肯信，偏稱他「假洋鬼子」，也叫作「裡通外國的人」，一見他，一定在肚子裡暗暗的咒罵。

阿Q尤其「深惡而痛絕之」的，是他的一條假辮子。辮子而至於假，就是沒有了做人的資格；他的老婆不跳第四回井，也不是好女人。

這「假洋鬼子」進來了。

「禿兒。驢……」阿Q歷來本只在肚子裡罵，沒有出過聲，這回因爲正氣忿，因爲要報仇，便不由得輕輕的說出來了。

不料這禿兒卻拿著一支黃漆的棍子——就是阿Q所謂哭喪棒㉖——大踏步走了過來。阿Q在這剎那，便知道大約要打了，趕緊抽緊筋骨，聳了肩膀等候著，果然，拍的一聲，似乎確鑿打在自己頭上了。

「我說他！」阿Q指著近旁的一個孩子，分辯說。

拍！拍拍！

在阿Q的記憶上，這大約要算是生平第二件的屈辱。幸而拍拍的響了之後，於他倒似乎完結了一件事，反而覺得輕鬆些，而且「忘卻」這一件祖傳的寶貝也發生了效力，他慢慢的走，將到酒店門口，早已有些高興了。

但對面走來了靜修庵裡的小尼姑。阿Q便在平時，看見伊也一定要唾罵，何況在屈辱之後呢？他於是發生了回憶，又發生了敵愾了。

「我不知道我今天爲什麼這樣晦氣，原來就因爲見了你！」他想。

他迎上去，大聲的吐一口唾沫：

「咳，呸！」

小尼姑全不睬，低了頭只是走。阿Q走近伊身旁，突然伸出手去摩著伊新剃的頭皮，呆笑著，說：

「禿兒！快回去，和尚等著你……」

「你怎麼動手動腳……」尼姑滿臉通紅的說，一面趕快走。

酒店裡的人大笑了。阿Q看見自己的勛業得了賞識，便愈加興高采烈起來：

「和尚動得，我動不得？」他扭住伊的面頰。

酒店裡的人大笑了。阿Q更得意，而且爲滿足那些賞鑒家起見，再用力的一擰，才放手。

他這一戰，早忘卻了王鬍，也忘卻了假洋鬼子，似乎對於今天的一切「晦氣」都報了仇；而且奇怪，又彷彿全身比拍拍的響了之後更輕鬆，飄飄然的似乎要飛去了。

「這斷子絕孫的阿Q！」遠遠地聽得小尼姑的帶哭的聲音。

「哈哈哈！」阿Q十分得意的笑。

「哈哈哈！」酒店裡的人也九分得意的笑。

四　戀愛的悲劇

有人說：有些勝利者，願意敵手如虎，如鷹，他才感得勝利的歡喜；假使如羊，如小雞，他便反覺得勝利的無聊。又有些勝利者，當克服一切之後，看見死的死了，降的降了，「臣誠惶誠恐死罪死罪」，他於是沒有了敵人，沒有了對手，沒有了朋友，只有自己在上，一個，孤零零，淒涼，寂寞，便反而感到了勝利的悲哀。然而我們的阿Q卻沒有這樣乏，他是永遠得意的：這或者也是中國精神文明冠於全球的一個證據了。

看哪，他飄飄然的似乎要飛去了！

然而這一次的勝利，卻又使他有些異樣。他飄飄然的飛了大半天，飄進土穀祠，照例應該躺下便打鼾。誰知道這一晚，他很不容易合眼，他覺得自己的大拇指和第二指有點古怪：彷彿比平常滑膩些。不知道是小尼姑的臉上有一點滑膩的東西黏在他指上，還是他的指頭在小尼姑臉上磨得滑膩了？……

「斷子絕孫的阿Q！」

阿Q的耳朵裡又聽到這句話。他想：不錯，應該有一個女人，斷子絕孫便沒有人供一碗飯，……應該有一個女人。夫「不孝有三無後爲大」㉗，而「若敖之鬼餒而」㉘，也是一件人生的大哀，所以他那思想，其實是樣樣合於聖經賢傳的，只可惜後來有些「不能收其放心」㉙了。

「女人，女人！……」他想。

「……和尚動得……女人，女人！……女人！」他又想。

我們不能知道這晚上阿Q在什麼時候才打鼾。但大約他從此總覺得指頭有些滑膩，所以他從此總有些飄飄然；「女……」他想。

即此一端，我們便可以知道女人是害人的東西。

中國的男人，本來大半都可以做聖賢，可惜全被女人毀掉了。商是妲己㉚鬧亡的；周是褒姒弄壞的；秦……雖然史無明文，我們也假定他因爲女人，大約未必十分錯；而董卓可是的確給貂蟬害死了。

阿Q本來也是正人，我們雖然不知道他曾蒙什麼明師指授過，但他對於「男女之大防」㉛卻歷來非常嚴；也很有排斥異端——如小尼姑及假洋鬼子之類——的正氣。他的學說是：凡尼姑，一定與和尚私通；一個女人在外面走，一定想引誘野男人；一男一女在那裡講話，一定要有勾當了。爲懲治他們起見，所以他往往怒目而視，或者大聲說幾句「誅心」㉜話，或者在冷僻處，便從後面擲一塊小石頭。

誰知道他將到「而立」㉝之年，竟被小尼姑害得飄飄然了。這飄飄然的精神，在禮教上是不應該有的，——所以女人真可惡，假使小尼姑的臉上不滑膩，阿Q便不至於被蠱，又假使小尼姑的臉上蓋一層布，阿Q便也不至於被蠱了，——他五六年前，曾在戲台下的人叢中擰過一個女人的大腿，但因爲隔一層褲，所以此後並不飄飄然，——而小尼姑並不然，這也足見異端之可惡。

「女……」阿Q想。

他對於以爲「一定想引誘野男人」的女人，時常留心看，然而伊並不對他笑。他對於和他講話的女人，也時常留心聽，然而伊又並不提起關於什麼勾當的話來。哦，這也是女人可惡之一節：伊們全都要裝「假正經」的。

這一天，阿Q在趙太爺家裡舂了一天米，吃過晚飯，便坐在廚房裡吸旱煙。倘在別家，吃過晚飯本可以回去的了，但趙府上晚飯早，雖說定例不准掌燈，一吃完便睡覺，然而偶然也有一些例外：其一，是趙大爺未進秀才的時候，准其點燈讀文章；其二，便是阿Q來做短工的時候，准其點燈舂米。因爲這一條例外，所以阿Q在動手舂米之前，還坐在廚房裡吸旱煙。

吳媽，是趙太爺家裡唯一的女僕，洗完了碗碟，也就在長凳上坐下了，而且和阿Q談閑天：

「太太兩天沒有吃飯哩，因爲老爺要買一個小的……」

「女人……吳媽……這小孤孀……」阿Q想。

「我們的少奶奶是八月裡要生孩子了……」

「女人……」阿Q想。

阿Q放下煙管，站了起來。

「我們的少奶奶……」吳媽還嘮叨說。

「我和你睏覺，我和你睏覺！」阿Q忽然搶上去，對伊跪下了。

一剎時中很寂然。

「阿呀！」吳媽愣了一息，突然發抖，大叫著往外跑，且跑且嚷，似乎後來帶哭了。

阿Q對了牆壁跪著也發愣，於是兩手扶著空板凳，慢慢的站起來，彷彿覺得有些糟。他這時確也有些忐忑了，慌張的將煙管插在褲帶上，就想去舂米。蓬的一聲，頭上著了很粗的一下，他急忙回轉身去，那秀才便拿了一支大竹杠站在他面前。

「你反了，……你這……」

大竹杠又向他劈下來了。阿Q兩手去抱頭，拍的正打在指節上，這可很有一些痛。他衝出廚房門，彷彿背上又著了一下似的。

「忘八蛋！」秀才在後面用了官話這樣罵。

阿Q奔入舂米場，一個人站著，還覺得指頭痛，還記得「忘八蛋」，因爲這話是未莊的鄉下人從來不用，專是見過官府的闊人用的，所以格外怕，而印象也格外深。但這時，他那「女……」的思想卻也沒有了。而且打罵之後，似乎一件事也已經收束，倒反覺得一無掛礙似的，便動手去舂米。舂了一會，他熱起來了，又歇了手脫衣服。

脫下衣服的時候，他聽得外面很熱鬧，阿Q生平本來最愛看熱鬧，便即尋聲走出去了。尋聲漸漸的尋到趙太爺的內院裡，雖然在昏黃中，卻辨得出許多人，趙府一家連兩日不吃飯的太太也在內，還有間壁的鄒七嫂，真正本家的趙白眼，趙司晨。

少奶奶正拖著吳媽走出下房來，一面說：

「你到外面來，……不要躲在自己房裡想……」

「誰不知道你正經，……短見是萬萬尋不得的。」鄒七嫂也從旁說。

吳媽只是哭，夾些話，卻不甚聽得分明。

阿Q想：「哼，有趣，這小孤孀不知道鬧著什麼玩意兒了？」他想打聽，走近趙司晨的身邊。這時他猛然間看見趙大爺向他奔來，而且手裡捏著一支大竹杠。他看見這一支大竹杠，便猛然間悟到自己曾經被打，和這一場熱鬧似乎有點相關。他翻身便走，想逃回舂米場，不圖這支竹杠阻了他的去路，於是他又翻身便走，自然而然的走出後門，不多工夫，已在土穀祠內了。

阿Q坐了一會，皮膚有些起粟，他覺得冷了，因為雖在春季，而夜間頗有餘寒，尚不宜於赤膊。他也記得布衫留在趙家，但倘若去取，又深怕秀才的竹杠。然而地保進來了。

「阿Q，你的媽媽的！你連趙家的佣人都調戲起來，簡直是造反。害得我晚上沒有覺睡，你的媽媽的！……」

如是云云的教訓了一通，阿Q自然沒有話。臨末，因爲在晚上，應該送地保加倍酒錢四百文，阿Q正沒有現錢，便用一頂氈帽做抵押，並且訂定了五條件：

一　明天用紅燭——要一斤重的——一對，香一封，到趙府上去賠罪。

二　趙府上請道士祓除縊鬼，費用由阿Q負擔。

三　阿Q從此不准踏進趙府的門檻。

四　吳媽此後倘有不測，惟阿Q是問。

五　阿Q不准再去索取工錢和布衫。

阿Q自然都答應了，可惜沒有錢。幸而已經春天，棉被可以無用，便質了二千大錢，履行條約。赤膊磕頭之後，居然還剩幾文，他也不再贖氈帽，統統喝了酒了。但趙家也並不燒香點燭，因爲太太拜佛的時候可以用，留著了。那破布衫是大半做了少奶奶八月間生下來的孩子的襯尿布，那小半破爛的便都做了吳媽的鞋底。

五　生計問題

阿Q禮畢之後，仍舊回到土穀祠，太陽下去了，漸漸覺得世上有些古怪。他仔細一想，終於省悟過來：其原因蓋在自己的赤膊。他記得破夾襖還在，便披在身上，躺倒了，待張開眼睛，原來太陽又已經照在西牆上頭了。他坐起身，一面說道，「媽媽的……」

他起來之後，也仍舊在街上逛，雖然不比赤膊之有切膚之痛，卻又漸漸的覺得世上有些古怪了。彷彿從這一天起，未莊的女人們忽然都怕了羞，伊們一見阿Q走來，便個個躲進門裡去。甚而至於將近五十歲的鄒七嫂，也跟著別人亂鑽，而且將十一歲的女兒都叫進去了。阿Q很以爲奇，而且想：「這些東西忽然都學起小姐模樣來了。這娼婦們……」

但他更覺得世上有些古怪，卻是許多日以後的事。其一，酒店不肯賒欠了；其二，管土穀祠的老頭子說些廢話，似乎叫他走；其三，他雖然記不清多少日，但確乎有許多日，沒有一個人來叫他做短工。酒店不賒，熬著也罷了；老頭子催他走，囉嗦一通也就算了；只是沒有人來叫他做短工，卻使阿Q肚子餓：這委實是一件非常「媽媽的」的事情。

阿Q忍不下去了，他只好到老主顧的家裡去探問，——但獨不許踏進趙府的門檻，——然而情形也異樣：一定走出一個男人來，現了十分煩厭的相貌，像回復乞丐一般的搖手道：

「沒有沒有！你出去！」

阿Q愈覺得稀奇了。他想，這些人家向來少不了要幫忙，不至於現在忽然都無事，這總該有些蹊蹺在裡面了。他留心打聽，才知道他們有事都去叫小Don㉞。這小D，是一個窮小子，又瘦又乏，在阿Q的眼睛裡，位置是在王鬍之下的，誰料這小子竟謀了他的飯碗去。所以阿Q這一氣，更與平常不同，當氣憤憤的走著的時候，忽然將手一揚，唱道：

「我手執鋼鞭將你打！㉟……」

幾天之後，他竟在錢府的照壁前遇見了小D。「仇人相見分外眼明」，阿Q便迎上去，小D也站住了。

「畜生！」阿Q怒目而視的說，嘴角上飛出唾沫來。

「我是蟲豸，好麼？……」小D說。

這謙遜反使阿Q更加憤怒起來，但他手裡沒有鋼鞭，於是只得撲上去，伸手去拔小D的辮子。小D一手護住了自己的辮根，一手也來拔阿Q的辮子，阿Q便也將空著的一隻手護住了自己的辮根。從先前的阿Q看來，小D本來是不足齒數的，但他近來挨了餓，又瘦又乏已經不下於小D，所以便成了勢均力敵的現象，四隻手拔著兩顆頭，都彎了腰，在錢家粉牆上映出一個藍色的虹形，至於半點鐘之久了。

「好了，好了！」看的人們說，大約是解勸的。

「好，好！」看的人們說，不知道是解勸，是頌揚，還是煽動。

然而他們都不聽。阿Q進三步，小D便退三步，都站著；小D進三步，阿Q便退三步，又都站著。大約半點鐘，——未莊少有自鳴鐘，所以很難說，或者二十分，——他們的頭髮裡便都冒煙，額上便都流汗，阿Q的手放鬆了，在同一瞬間，小D的手也正放鬆了，同時直起，同時退開，都擠出人叢去。

「記著罷，媽媽的……」阿Q回過頭去說。

「媽媽的，記著罷……」小D也回過頭來說。

這一場「龍虎鬥」似乎並無勝敗，也不知道看的人滿足，都沒有發什麼議論，而阿Q卻仍然沒有人來叫他做短工。

有一日很溫和，微風拂拂的頗有些夏意了，阿Q卻覺得寒冷起來，但這還可擔當，第一倒是肚子餓。棉被，氈帽，布衫，早已沒有了，其次就賣了棉襖；現在有褲子，卻萬不可脫的；有破夾襖，又除了送人做鞋底之外，決定賣不出錢。他早想在路上拾得一注錢，但至今還沒有見；他想在自己的破屋裡忽然尋到一注錢，慌張的四顧，但屋內是空虛而且了然。於是他決計出門求食去了。

他在路上走著要「求食」，看見熟識的酒店，看見熟識的饅頭，但他都走過了，不但沒有暫停，而且並不想要。他所求的不是這類東西了；他求的是什麼東西，他自己不知道。

未莊本不是大村鎮，不多時便走盡了。村外多是水田，滿眼是新秧的嫩綠，夾著幾個圓形的活動的黑點，便是耕田的農夫。阿Q並不賞鑒這田家樂，卻只是走，因爲他直覺的知道這與他的「求食」之道是很遼遠的。但他終於走到靜修庵的牆外了。

庵周圍也是水田，粉牆突出在新綠裡，後面的低土牆裡是菜園。阿Q遲疑了一會，西面一看，並沒有人。他便爬上這矮牆去，扯著何首烏藤，但泥土仍然簌簌的掉，阿Q的腳也索索的抖；終於攀著桑樹枝，跳到裡面了。裡面真是鬱鬱蔥蔥，但似乎並沒有黃酒饅頭，以及此外可吃的之類。靠西牆是竹叢，下面許多筍，只可惜都是並未煮熟的，還有油菜早經結子，芥菜已將開花，小白菜也很老了。

阿Q彷彿文童落第似的覺得很冤屈，他慢慢走近園門去，忽而非常驚喜了，這分明是一畦老蘿蔔。他於是蹲下便拔，而門口突然伸出一個很圓的頭來，又即縮回去了，這分明是小尼姑。小尼姑之流是阿Q本來視若草芥的，但世事須「退一步想」，所以他便趕緊拔起四個蘿蔔，擰下青葉，兜在大襟裡。然而老尼姑已經出來了。

「阿彌陀佛，阿Q，你怎麼跳進園裡來偷蘿蔔！……阿呀，罪過呵，阿唷，阿彌陀佛！……」

「我什麼時候跳進你的園裡來偷蘿蔔？」阿Q且看且走的說。

「現在……這不是？」老尼姑指著他的衣兜。

「這是你的？你能叫得他答應你麼？你……」

阿Q沒有說完話，拔步便跑；追來的是一匹很肥大的黑狗。這本來在前門的，不知怎的到後園來了。黑狗哼而且追，已經要咬著阿Q的腿，幸而從衣兜裡落下一個蘿蔔來，那狗給一嚇，略略一停，阿Q已經爬上桑樹，跨到土牆，連人和蘿蔔都滾出牆外面了。只剩著黑狗還在對著桑樹嗥，老尼姑唸著佛。

阿Q怕尼姑又放出黑狗來，拾起蘿蔔便走，沿路又撿了幾塊小石頭，但黑狗卻並不再出現。阿Q於是拋了石塊，一面走一面吃，而且想道，這裡也沒有什麼東西尋，不如進城去……

待三個蘿蔔吃完時，他已經打定了進城的主意了。

六　從中興到末路

在未莊再看見阿Q出現的時候，是剛過了這年的中秋。人們都驚異，說是阿Q回來了，於是又回上去想道，他先前那裡去了呢？阿Q前幾回的上城，大抵早就興高采烈的對人說，但這一次卻並不，所以也沒有一個人留心到。他或者也曾告訴過管土穀祠的老頭子，然而未莊老例，只有趙太爺錢太爺和秀才大爺上城才算一件事。假洋鬼子尚且不足數，何況是阿Q：因此老頭子也就不替他宣傳，而未莊的社會上也就無從知道了。

但阿Q這回的回來，卻與先前大不同，確乎很值得驚異。天色將黑，他睡眼朦朧的在酒店門前出現了，他走近櫃台，從腰間伸出手來，滿把是銀的和銅的，在櫃上一扔說，「現錢！打酒來！」穿的是新夾襖，看去腰間還掛著一個大搭連，沉鈿鈿的將褲帶墜成了很彎很彎的弧線。未莊老例，看見略有些醒目的人物，是與其慢也寧敬的，現在雖然明知道是阿Q，但因爲和破夾襖的阿Q有些兩樣了，古人云，「士別三日便當刮目相待」㊱，所以堂倌，掌櫃，酒客，路人，便自然顯出一種疑而且敬的形態來。掌櫃既先之以點頭，又繼之以談話：

「嚄，阿Q，你回來了！」

「回來了。」

「發財發財，你是——在……」

「上城去了！」

這一件新聞，第二天便傳遍了全未莊。人人都願意知道現錢和新夾襖的阿Q的中興史，所以在酒店裡，茶館裡，廟檐下，便漸漸的探聽出來了。這結果，是阿Q得了新敬畏。

據阿Q說，他是在舉人老爺家裡幫忙。這一節，聽的人都肅然了。這老爺本姓白，但因爲合城裡只有他一人舉人，所以不必再冠姓，說起舉人來就是他。這也不獨在未莊是如此，便是一百里方圓之內也都如此，人們幾乎多以爲他的姓名就叫舉人老爺的了。在這人的府上幫忙，那當然是可敬的。但據阿Q又說，他卻不高興再幫忙了，因爲這舉人老爺實在太「媽媽的」了。這一節，聽的人都嘆息而且快意，因爲阿Q本不配在舉人老爺家裡幫忙，而不幫忙是可惜的。

據阿Q說，他的回來，似乎也由於不滿意城裡人，這就在他們將長凳稱爲條凳，而且煎魚用葱絲，加以最近觀察所得的缺點，是女人的走路也扭得不很好。然而也偶有大可佩服的地方，即如未莊的鄉下人不過打三十二張的竹牌㊲，只有假洋鬼子能夠叉「麻醬」，城裡卻連小烏龜子都叉得精熟的。什麼假洋鬼子，只要放在城裡的十幾歲的小烏龜子的手裡，也就立刻是「小鬼見閻王」。這一節，聽的人都赧然了。

「你們可看見過殺頭麼？」阿Q說，「咳，好看。殺革命黨。唉，好看好看，……」他搖搖頭，將唾沫飛在正對面的趙司晨的臉上。這一節，聽的人都凜然了。但阿Q又四面一看，忽然揚起右手，照著伸長脖子聽得出神的王鬍的後項窩上直劈下去道：

「嚓！」

王鬍驚得一跳，同時電光石火似的趕快縮了頭，而聽的人又都悚然而且欣然了。從此王鬍瘟頭瘟腦的也多日，並且再不敢走近阿Q的身邊；別的人也一樣。阿Q這時在未莊人眼睛裡的地位，雖不敢說超過趙太爺，但謂之差不多，大約也就沒有什麼語病的了。

然而不多久，這阿Q的大名忽又傳遍了未莊的閨中。雖然未莊只有錢趙兩姓是大屋，此外十之九都是淺閨，但閨中究竟是閨中，所以也算得一件神異。女人們見面時一定說，鄒七嫂在阿Q那裡買了一條藍綢裙，舊固然是舊的，但只花了九角錢。還有趙白眼的母親，——一說趙司晨的母親，待考，——也買了一件孩子穿的大紅洋紗衫，七成新，只用三百大錢九二串[38]。於是伊們都眼巴巴的想見阿Q，缺綢裙的想問他買綢裙，要洋紗衫的想問他買洋紗衫，不但見了不逃避，有時阿Q已經走過了，也還要追上去叫住他，問道：

「阿Q，你還有綢裙麼？沒有？紗衫也要的，有罷？」

後來這終於從淺閨傳進深閨裡去了。因爲鄒七嫂得意之餘，將伊的綢裙請趙太太去鑒賞，趙太太又告訴了趙太爺而且著實恭維了一番。趙太爺便在晚飯桌上，和秀才大爺討論，以爲阿Q實在有些古怪，我們門窗應該小心些；但他的東西，不知道可還有什麼可買，也許有點好東西罷。加以趙太太也正想買一件價廉物美的皮背心。於是家族決議，便托鄒七嫂即刻去尋阿Q，而且爲此新闢了第三種的例外：這晚上也姑且特准點油燈。

油燈乾了不少了，阿Q還不到。趙府的全眷都很焦急，打著呵欠，或恨阿Q太飄忽，或怨鄒七嫂不上緊。趙太太還怕他因爲春天的條件不敢來，而趙太爺以爲不足慮：因爲這是「我」去叫他的。果然，到底趙太爺有見識，阿Q終於跟著鄒七嫂進來了。

「他只說沒有沒有，我說你自己當面說去，他還要說，我說……」鄒七嫂氣喘吁吁的走著說。

「太爺！」阿Q似笑非笑的叫了一聲，在檐下站住了。

「阿Q，聽說你在外面發財，」趙太爺踱開去，眼睛打量著他的全身，一面說。「那很好，那很好的。這個，……聽說你有些舊東西，……可以都拿來看一看，……這也並不是別的，因爲我倒要……」

「我對鄒七嫂說過了。都完了。」

「完了？」趙太爺不覺失聲的說，「那裡會完得這樣快呢？」

「那是朋友的，本來不多。他們買了些，……」

「總該還有一點罷。」

「現在，只剩了一張門幕了。」

「就拿門幕來看看罷。」趙太太慌忙說。

「那麼，明天拿來就是，」趙太爺卻不甚熱心了。「阿Q，你以後有什麼東西的時候，你盡先送來給我們看，……」

「價錢絕不會比別家出得少！」秀才說。秀才娘子忙一瞥阿Q的臉，看他感動了沒有。

「我要一件皮背心。」趙太太說。

阿Q雖然答應著，卻懶洋洋的出去了，也不知道他是否放在心上。這使趙太爺很失望，氣憤而且擔心，至於停止了打呵欠。秀才對於阿Q的態度也很不平，於是說，這忘八蛋要提防，或者竟不如吩咐地保，不許他住在未莊。但趙太爺以為不然，說這也怕要結怨，況且做這路生意的大概是「老鷹不吃窩下食」，本村倒不必擔心的；只要自己夜裡警醒點就是了。秀才聽了這「庭訓」㊴，非常之以為然，便即刻撤消了驅逐阿Q的提議，而且叮囑鄒七嫂，請伊萬不要向人提起這一段話。

但第二日，鄒七嫂便將那藍裙去染了皂，又將阿Q可疑之點傳揚出去了，可是確沒有提起秀才要驅逐他這一節。然而這已經於阿Q很不利。最先，地保尋上門了，取了他的門幕去，阿Q說是趙太太要看的，而地保也不還，並且要議定每月的孝敬錢。其次，是村人對於他的敬畏忽而變相了，雖然還不敢來放肆，卻很有遠避的神情，而這神情和先前的防他來「嚓」的時候又不同，頗混著

「敬而遠之」的分子了。

只有一班閒人們卻還要尋根究底的去探阿Q的底細。阿Q也並不諱飾，傲然的說出他的經驗來。從此他們才知道，他不過是一個小角色，不但不能上牆，並且不能進洞，只站在洞外接東西。有一夜，他剛才接到一個包，正手再進去，不一會，只聽得裡面大嚷起來，他便趕緊跑，連夜爬出城，逃回未莊來了，從此不敢再去做。然而這故事卻於阿Q更不利，村人對於阿Q的「敬而遠之」者，本因為怕結怨，誰料他不過是一個不敢再偷的偷兒呢？這實在是「斯亦不足畏也矣」㊵。

七　革命

宣統三年九月十四日㊶——即阿Q將搭連賣給趙白眼的這一天——三更四點，有一只大烏篷船到了趙府上的河埠頭。這船從黑魆魆中蕩來，鄉下人睡得熟，都沒有知道；出去時將近黎明，卻很有幾個看見的了。據探頭探腦的調查來的結果，知道那竟是舉人老爺的船！

那船便將大不安載給了未莊，不到正午，全村的人心就很動搖。船的使命，趙家本來是很秘密的，但茶坊酒肆裡卻都說，革命黨要進城，舉人老爺到我們鄉下來逃難了。惟有鄒七嫂不以為然，說那不過是幾口破衣箱，舉人老爺想來寄存的，卻已被趙太爺回復轉去。其實舉人老爺和趙秀才素不相能，在理本不能有「共患難」的情誼，況且鄒七嫂又和趙家是鄰居，見聞較為切近，所以大概該是伊對的。

然而謠言很旺盛，說舉人老爺雖然似乎沒有親到，卻有一封長信，和趙家排了「轉折親」。趙太爺肚裡一輪，覺得於他總不會有壞處，便將箱子留下了，現就塞在太太的床底下。至於革命黨，有的說是便在這一夜進了城，個個白盔白甲：穿著崇正皇帝的素㊷。

阿Q的耳朵裡，本來早聽到過革命黨這一句話，今年又親眼見過殺掉革命黨。但他有一種不知從那裡來的意見，以為革命黨便是造反，造反便是與他為難，所以一向是「深惡而痛絕之」的。殊不料這卻使百里聞名的舉人老爺有這樣怕，於是他未免也有些「神往」了，況且未莊的一群鳥男女的慌張的神情，也使阿Q更快意。

「革命也好罷，」阿Q想，「革這夥媽媽的命，太可惡！太可恨！……便是我，也要投降革命黨了。」

阿Q近來用度窘，大約略略有些不平；加以午間喝了兩碗空肚酒，愈加醉得快，一面想一面走，便又飄飄然起來。不知怎麼一來，忽而似乎革命黨便是自己，未莊人卻都是他的俘虜了。他得意之餘，禁不住大聲的嚷道：

「造反了！造反了！」

未莊人都用了驚懼的眼光對他看。這一種可憐的眼光，是阿Q從來沒有見過的，一見之下，又使他舒服得如六月裡喝了雪水。他更加高興的走而且喊道：

「好，……我要什麼就是什麼，我歡喜誰就是誰。

得得，鏘鏘！

悔不該，酒醉錯斬了鄭賢弟，

悔不該，呀呀呀……

得得，鏘鏘，得，鏘令鏘！

我手執鋼鞭將你打……」

趙府上的兩位男人和兩個真本家，也正站在大門口論革命。阿Q沒有見，昂了頭直唱過去。

「得得，……」

「老Q，」趙太爺怯怯的迎著低聲的叫。

「鏘鏘，」阿Q料不到他的名字會和「老」字聯結起來，以爲是一句別的話，與已無關，只是唱。「得，鏘，鏘令鏘，鏘！」

「老Q。」

「悔不該……」

「阿Q！」秀才只得直呼其名了。

阿Q這才站住，歪著頭問道，「什麼？」

「老Q，……現在……」趙太爺卻又沒有話，「現在……發財麼？」

「發財?自然。要什麼就是什麼……」

「阿……Q哥,像我們這樣窮朋友是不要緊的……」趙白眼惴惴的說,似乎想探革命黨的口風。

「窮朋友?你總比我有錢。」阿Q說著自去了。

大家都憮然,沒有話。趙太爺父子回家,晚上商量到點燈。趙白眼回家,便從腰間扯下搭連來,交給他女人藏在箱底裡。

阿Q飄飄然的飛了一通,回到土穀祠,酒已經醒透了。這晚上,管祠的老頭子也意外的和氣,請他喝茶;阿Q便向他要了兩個餅,吃完之後,又要了一支點過的四兩燭和一個樹燭台,點起來,獨自躺在自己的小屋裡。他說不出的新鮮而且高興,燭火像元夜似的閃閃的跳,他的思想也迸跳起來了:

「造反?有趣,……來了一陣白盔白甲的革命黨,都拿著板刀,鋼鞭,炸彈,洋炮,三尖兩刃刀,鉤鐮槍,走過土穀祠,叫道,『阿Q!同去同去!』於是一同去。……

「這時未莊的一鳥鷞男女才好笑哩,跪下叫道,『阿Q饒命!』誰聽他!第一個該死是小D和趙太爺,還有秀才,還有假洋鬼子,……留幾條麼?王鬍本來還可留,但也不要了。……

「東西,……直走進去打開箱子來:元寶,洋錢,洋紗衫,……秀才娘子的一張寧式床㊸先搬到土穀祠,此外便擺了錢家的桌椅,——或者也就用趙家的罷。自己是不動手的了,叫小D來搬,要搬得快,搬得不快打嘴巴。……

「趙司晨的妹子真醜。鄒七嫂的女兒過了幾年再說。假洋鬼子的老婆會和沒有辮子的男人睡覺，嚇，不是好東西！秀才的老婆是眼胞上有疤的。……吳媽長久不見了，不知道在那裡，——可惜腳太大。」

阿Q沒有想得十分停當，已經發了鼾聲，四兩燭還只點去了小半寸，紅焰焰的光照著他張開的嘴。

「荷荷！」阿Q忽而大叫起來，抬了頭倉皇的四顧，待到看到四兩燭，卻又倒頭睡去了。

第二天他起得很遲，走出街上看時，樣樣都照舊。他也仍然肚餓，他想著，想不起什麼來；但他忽而似乎有了主意了，慢慢的跨開步，有意無意的走到靜修庵。

庵和春天時節一樣靜，白的牆壁和漆黑的門。他想了一想，前去打門，一隻狗在裡面叫。他急急拾了幾塊斷磚，再上去較為用力的打，打到黑門上生出許多麻點的時候，才聽得有人來開門。

阿Q連忙捏好磚頭，擺開馬步，準備和黑狗來開戰。但庵門只開了一條縫，並無黑狗從中衝出，望進去只有一個老尼姑。

「你又來什麼事？」伊大吃一驚的說。

「革命了……你知道？……」阿Q說得很含糊。

「革命革命，革過一革的，……你們要革得我們怎麼樣呢？」老尼姑兩眼通紅的說。

「什麼？……」阿Q詫異了。

「你不知道，他們已經來革過了！」

「誰？……」阿Q更其詫異了。

「那秀才和洋鬼子！」

阿Q很出意外，不由的一錯愕；老尼姑見他失了銳氣，便飛速的關了門，阿Q再推時，牢不可開，再打時，沒有回答了。

那還是上午的事。趙秀才消息靈，一知道革命黨已在夜間進城，便將辮子盤在頂上，一早去拜訪那歷來也不相能的錢洋鬼子。這是「咸與維新」㊹的時候了，所以他們便談得很投機，立刻成了情投意合的同志，也相約去革命。他們想而又想，才想出靜修庵裡有一塊「皇帝萬歲萬萬歲」的龍牌，是應該趕緊革掉的，於是又立刻同到庵裡去革命。因爲老尼姑來阻擋，說了三句話，他們便將伊當作滿政府，在頭上很給了不少的棍子和栗鑿。尼姑待他們走後，定了神來檢點，龍牌固然已經碎在地上了，而且又不見了觀音娘娘座前的一個宣德爐㊺。

這事阿Q後來才知道。他頗悔自己睡著，但也深怪他們不來招呼他。他又退一步想道：

「難道他們還沒有知道我已經投降了革命黨麼？」

八　不准革命

未莊的人心日見其安靜了。據傳來的消息；知道革命黨雖然進了城，倒還沒有什麼大異樣。知縣大老爺還是原官，不過改稱了什麼，而且舉人老爺也做了什麼——這些名目，未莊人都說不明白——官，帶兵的也還是先前的老把總㊻。只有一件可怕的事是另有幾個不好的革命黨夾在裡面搗亂，第二天便動手剪辮子，聽說那鄰村的航船七斤便著了道兒，弄得不像人樣子了。但這卻還不算大恐怖，因爲未莊人本來少上城，即使偶有想進城的，也就立刻變了計，碰不著這危險。阿Q本也想進城去尋他的老朋友，一得這消息，也只得作罷了。

但未莊也不能說是無改革。幾天之後，將辮子盤在頂上的逐漸增加起來了，早經說過，最先自然是茂才公，其次便是趙司晨和趙白眼，後來是阿Q。倘在夏天，大家將辮子盤在頭頂上或者打一個結，本不算什麼稀奇事，但現在是暮秋，所以這「秋行夏令」的情形，在盤辮家不能不說是萬分的英斷，而在未莊也不能說無關於改革了。

趙司晨腦後空蕩蕩的走來，看見的人大嚷說，

「嚄，革命黨來了！」

阿Q聽到了很羨慕。他雖然早知道秀才盤辮的大新聞，但總沒有想到自己可以照樣做，現在看見趙司晨也如此，才有了學樣的意思，定下實行的決心。他用一支竹筷將辮子盤在頭頂上，遲疑多時，這才放膽的走去。

他在街上走，人也看他，然而不說什麼話，阿Q當初很不快，後來便很不平。他近來很容易鬧

脾氣了；其實他的生活，倒也並不比造反之前反艱難，人見他也客氣，店鋪也不說要現錢。而阿Q總覺得自己太失意：既然革了命，不應該只是這樣的。況且有一回看見小D，愈使他氣破肚皮了。

小D也將辮子盤在頭頂上了，而且也居然用一支竹筷。阿Q萬料不到他也敢這樣做，自己也絕不准他這樣做！小D是什麼東西呢？他很想即刻揪住他，拗斷他的竹筷，放下他的辮子，並且批他幾個嘴巴，聊且懲罰他忘了生辰八字，也敢來做革命黨的罪。但他終於饒放了，單是怒目而視的吐一口唾沫道「呸！」

這幾日裡，進城去的只有一個假洋鬼子。趙秀才本也想靠著寄存箱子的淵源，親身去拜訪舉人老爺的，但因爲有剪辮的危險，所以也就中止了。他寫了一封「黃傘格」㊼的信，托假洋鬼子帶上城，而且托他給自己紹介紹介，去進自由黨。假洋鬼子回來時，向秀才討還了四塊洋錢，秀才便有一塊銀桃子掛在大襟上了；未莊人都驚服，說這是柿油黨的頂子㊽，抵得一個翰林㊾；趙太爺因此也驟然大闊，遠過於他兒子初雋秀才的時候，所以目空一切，見了阿Q，也就很有些不放在眼裡了。

阿Q正在不平，又時時刻刻感著冷落，一聽得這銀桃子的傳說，他立即悟出自己之所以冷落的原因了：要革命，單說投降，是不行的；盤上辮子，也不行的；第一著仍然要和革命黨去結識。他生平所知道的革命黨只有兩個，城裡的一個早已「嚓」的殺掉了，現在只剩了一個假洋鬼子。他除卻趕緊去和假洋鬼子商量之外，再沒有別的道路了。

錢府的大門正開著，阿Q便怯怯的躄進去。他一到裡面，很吃了驚，只見假洋鬼子正站在院子的中央，一身烏黑的大約是洋衣，身上也掛著一塊銀桃子，手裡是阿Q曾經領教過的棍子，已經留到一尺多長的辮子都拆開了披在肩背上，蓬頭散髮的像一個劉海仙㊿。對面挺直的站著趙白眼和三個閒人，正在必恭必敬的聽說話。

阿Q輕輕的走近了，站在趙白眼的背後，心裡想招呼，卻不知道怎麼說才好：叫他假洋鬼子固然是不行的了，洋人也不妥，革命黨也不妥，或者就應該叫洋先生了罷。

洋先生卻沒有見他，因爲白著眼睛講得正起勁：

「我是性急的，所以我們見面，我總是說：洪哥(51)！我們動手罷！他卻總說道NO(52)！——這是洋話，你們不懂的。否則早已成功了。然而這正是他做事小心的地方。他再三再四的請我上湖北，我還沒有肯。誰願意在這小縣城裡做事情。……」

「唔，……這個……」阿Q候他略停，終於用十二分的勇氣開口了，但不知道因爲什麼，又並不叫他洋先生。

聽著說話的四個人都吃驚的回顧他。洋先生也才看見：

「什麼？」

「我……」

「出去！」

「我要投……」

「滾出去！」洋先生揚起哭喪棒來了。

趙白眼和閒人們便都吆喝道：「先生叫你滾出去，你還不聽麼！」

阿Q將手向頭上一遮，不自覺的逃出門外；洋先生倒也沒有追。他快跑了六十多步，這才慢慢的走，於是心裡便湧起了憂愁：洋先生不准他革命，他再沒有別的路；從此絕不能望有白盔白甲的人來叫他，他所有的抱負，志向，希望，前程，全被一筆勾銷了。至於閒人們傳揚開去，給小D王鬍等輩笑話，倒是還在其次的事。

他似乎從來沒有經驗過這樣的無聊。他對於自己的盤辮子，彷彿也覺得無意味，要侮蔑；爲報仇起見，很想立刻放下辮子來，但也沒有竟放。他遊到夜間，賒了兩碗酒，喝下肚去，漸漸的高興起了，思想裡才又出現白盔白甲的碎片。

有一天，他照例的混到夜深，待酒店要關門，才踱回土穀祠去。

拍，吧……！

他忽而聽得一種異樣的聲音，又不是爆竹。阿Q本來是愛看熱鬧，愛管閒事的，便在暗中直尋過去。似乎前面有些腳步聲；他正聽，猛然間一個人從對面逃來了。阿Q一看見，便趕緊翻身跟著逃。那人轉彎，阿Q也轉彎，既轉彎，那人站住了，阿Q也站住。他看後面並無什麼，看那人便是小D。

「什麼？」阿Q不平起來了。

「趙……趙家遭搶了！」小D氣喘吁吁的說。

阿Q的心怦怦的跳了。小D說了便走；阿Q卻逃而又停的兩三回。但他究竟是做過「這路生意」的人，格外膽大，於是躄出路角，仔細的聽，似乎有些嚷嚷，又仔細的看，似乎許多白盔白甲的人，絡繹的將箱子抬出了，器具抬出了，秀才娘子的寧式床也抬出了，但是不分明，他還想上前，兩隻腳卻沒有動。

這一夜沒有月，未莊在黑暗裡很寂靜，寂靜到像羲皇㊺時候一般太平。阿Q站著看到自己發煩，也似乎還是先前一樣，在那裡來來往往的搬，箱子抬出了，器具抬出了，秀才娘子的寧式床也抬出了，……抬得他自己有些不信他的眼睛了。但他決計不再上前，卻回到自己的祠裡去了。

土穀祠裡更漆黑；他關好大門，摸進自己的屋子裡。他躺了好一會，這才定了神，而且發出關於自己的思想來：白盔白甲的人明明到了，並不來打招呼，搬了許多好東西，又沒有自己的份，——這全是假洋鬼子可惡，不准我造反，否則，這次何至於沒有我的份呢？阿Q越想越氣，終於禁不住滿心痛恨起來，毒毒的點一點頭：「不准我造反，只准你造反？媽媽的假洋鬼子，——好，你造反！造反是殺頭的罪名呵，我總要告一狀，看你抓進縣裡去殺頭，——滿門抄斬，——嚓！嚓！」

九　大團圓

趙家遭搶之後，未莊人大抵很快意而且恐慌，阿Q也很快意而且恐慌。但四天之後，阿Q在半夜裡忽被抓進縣城裡去了。那時恰是暗夜，一隊兵，一隊團丁，一隊警察，五個偵探，悄悄地到了未莊，乘昏暗圍住土穀祠，正對門架好機關槍；然而阿Q不衝出。許多時沒有動靜，把總焦急起來了，懸了二十千的賞，才有兩個團丁冒了險，踰垣進去，裡應外合，一擁而入，將阿Q抓出來；直待擒出祠外面的機關槍左近，他才有些清醒了。

到進城，已經是正午，阿Q見自己被攙進一所破衙門，轉了五六個彎，便推在一間小屋裡。他剛剛一蹌踉，那用整株的木料做成的柵欄門便跟著他的腳跟闔上了，其餘的三面都是牆壁，仔細看時，屋角上還有兩個人。

阿Q雖然有些忐忑，卻並不很苦悶，因爲他那土穀祠裡的臥室，也並沒有比這間屋子更高明。那兩個也仿佛是鄉下人，漸漸和他兜搭起來了，一個說是舉人老爺要追他祖父欠下來的陳租，一個不知道爲了什麼事。他們問阿Q，阿Q爽利的答道，「因爲我想造反。」

他下半天便又被抓出柵欄門去了，到得大堂，上面坐著一個滿頭剃得精光的老頭子。阿Q疑心他是和尚，但看見下面站著一排兵，兩旁又站著十幾個長衫人物，也有滿頭剃得精光像這老頭子的，也有將一尺來長的頭髮披在背後像那假洋鬼子的，都是一臉橫肉，怒目而視的看他；他便知道這人一定有些來歷，膝關節立刻自然而然的寬鬆，便跪了下去了。

「站著說！不要跪！」長衫人物都吆喝說。

阿Q雖然似乎懂得，但總覺得站不住，身不由己的蹲了下去，而且終於趁勢改爲跪下了。

「奴隸性！……」長衫人物又鄙夷似的說，但也沒有叫他起來。

「你從實招來罷，免得吃苦。我早都知道了。招了可以放你。」那光頭的老子看定了阿Q的臉，沉靜的清楚的說。

「招罷！」長衫人物也大聲說。

「我本來要……來投……」阿Q糊里糊塗的想了一通，這才斷斷續續的說。

「那麼，爲什麼不來的呢？」老頭子和氣的問。

「假洋鬼子不准我！」

「胡說！此刻說，也遲了。現在你的同黨在那裡？」

「什麼？……」

「那一晚打劫趙家的一夥人。」

「他們沒有來叫我。他們自己搬走了。」阿Q提起來便憤憤。

「走到那裡去了呢？說出來便放你了。」老頭子更和氣了。

「我不知道，……他們沒有來叫我……」

然而老頭子使了一個眼色，阿Q便又被抓進柵欄門裡了。他第二次抓出柵欄門，是第二天的上午。

大堂的情形都照舊。上面仍然坐著光頭的老頭子，阿Q也仍然下了跪。

老頭子和氣的問道，「你還有什麼話說麼？」

阿Q一想，沒有話，便回答說，「沒有。」

於是一個長衫人物拿了一張紙，並一支筆送到阿Q的面前，要將筆塞在他手裡。阿Q這時很吃驚，幾乎「魂飛魄散」了：因爲他的手和筆相關，這回是初次。他正不知怎樣拿；那人卻又指著一處地方教他畫花押。

「我……我……不認得字。」阿Q一把抓住了筆，惶恐而且慚愧的說。

「那麼，便宜你，畫一個圓圈。」

阿Q要畫圓圈了，那手捏著筆卻只是抖。於是那人替他將紙鋪在地上，阿Q伏下去，使盡了平生的力畫圓圈。他生怕被人笑話，立志要畫得圓，但這可惡的筆不但很沉重，並且不聽話，剛剛一抖一抖的幾乎要合縫，卻又向外一聳，畫成瓜子模樣了。

阿Q正羞愧自己畫得不圓，那人卻不計較，早已掣了紙筆去，許多人又將他第二次抓進柵欄門。

他第二次進了柵欄，倒也並不十分懊惱。他以爲人生天地之間，大約本來有時要抓進抓出，有時要在紙上畫圓圈的，惟有圈而不圓，卻是他「行狀」上的一個污點。但不多時也就釋然了，他想：孫子才畫得很圓的圓圈呢。於是他睡著了。

然而這一夜，舉人老爺反而不能睡：他和把總嘔了氣了。舉人老爺主張第一要追贓，把總主張第一要示眾。把總近來很不將舉人老爺放在眼裡了，拍案打凳的說道，「懲一儆百！你看，我做革命黨還不上二十天，搶案就是十幾件，全不破案，我的面子在那裡？破了案，你又來迂。不成！這是我管的！」舉人老爺窘急了，然而還堅持，說是倘若不追贓，他便立刻辭了幫辦民政的職務。而把總卻道，「請便罷！」於是舉人老爺在這一夜竟沒有睡，但幸而第二天倒也沒有辭。

阿Q第三次抓出柵欄門的時候，便是舉人老爺睡不著的那一夜的明天的上午了。他到了大堂，上面還坐著照例的光頭老頭子；阿Q也照例的下了跪。

老頭子很和氣的問道，「你還有什麼話麼？」

阿Q一想，沒有話，便回答說，「沒有。」

許多長衫和短衫人物，忽然給他穿上一件洋布的白背心，上面有些黑字。阿Q很氣苦：因為這很像是帶孝，而帶孝是晦氣的。然而同時他的兩手反縛了，同時又被一直抓出衙門外去了。

阿Q被抬上了一輛沒有篷的車，幾個短衣人物也和他同坐在一處。這車立刻走動了，前面是一班背著洋炮的兵們和團丁，兩旁是許多張著嘴的看客，後面怎樣，阿Q沒有見。但他突然覺到了：這豈不是去殺頭麼？他一急，兩眼發黑，耳朵裡喤的一聲，似乎發昏了。然而他又沒有全發昏，有時雖然著急，有時卻也泰然；他意思之間，似乎覺得人生天地間，大約本來有時也未免要殺頭的。

他還認得路，於是有些詫異了：怎麼不向著法場走呢？他不知道這是在遊街，在示眾。但即使知道也一樣，他不過便以爲人生天地間，大約本來有時也未免要遊街要示衆罷了。

他省悟了，這是繞到法場去的路，這一定是「嚓」的去殺頭。他惘惘的向左右看，全跟著螞蟻似的人，而在無意中，卻在路旁的人叢中發現了一個吳媽。很久違，伊原來在城裡做工了。阿Q忽然很羞愧自己沒志氣：竟沒有唱幾句戲。他的思想彷彿旋風似的在腦裡一迴旋：《小孤孀上墳》欠堂皇，《龍虎鬥》裡的「悔不該……」也太乏，還是「手執鋼鞭將你打」罷。他同時想將手一揚，才記得這兩手原來都捆著，於是「手執鋼鞭」也不唱了。

「過了二十年又是一個……」阿Q在百忙中，「無師自通」的說出半句從來不說的話。

「好！！！」從人叢裡，便發出豺狼的嗥叫一般的聲音來。

車子不住的前行，阿Q在喝采聲中，輪轉眼睛去看吳媽，似乎伊一向並沒有見他，卻只是出神的看著兵們背上的洋炮。

阿Q於是再看那些喝采的人們。

這刹那中，他的思想又彷彿旋風似的在腦裡一迴旋了。四年之前，他曾在山腳下遇見一隻餓狼，永是不近不遠的跟定他，要吃他的肉。他那時嚇得幾乎要死，幸而手裡有一柄斫柴刀，才得仗這壯了膽，支持到未莊；可是永遠記得那狼眼睛，又凶又怯，閃閃的像兩顆鬼火，似乎遠遠的來穿透了他的皮肉。而這回他又看見從來沒有見過的更可怕的眼睛了，又鈍又鋒利，不但已經咀嚼了他的話，並且還要咀嚼他皮肉以外的東西，永是不遠不近的跟他走。

這些眼睛們似乎連成一氣，已經在那裡咬他的靈魂。

「救命，……」

然而阿Q沒有說。他早就兩眼發黑，耳朵裡嗡的一聲，覺得全身彷彿微塵似的迸散了。

至於當時的影響，最大的倒反在舉人老爺，因爲終於沒有追贓，他全家都號咷了。其次是趙府，非特秀才因爲上城去報官，被不好的革命黨剪了辮子，而且又破費了二十千的賞錢，所以全家也號咷了。從這一天以來，他們便漸漸的都發生了遺老的氣味。

至於輿論，在未莊是無異議，自然都說阿Q壞，被槍斃便是他的壞的證據；不壞又何至於被槍斃呢？而城裡的輿論卻不佳，他們多半不滿足，以爲槍斃並無殺頭這般好看；而且那是怎樣的一個可笑的死囚呵，遊了那麼久的街，竟沒有唱一句戲：他們白跟一趟了。

一九二一年十二月

注釋

①本篇最初分章發表於北京《晨報副刊》，自一九二一年十二月四日起至一九二二年二月十二日止，每週或隔週刊登一次，署名巴人。作者在一九二五年曾爲這篇小說的俄文譯本寫過一篇短序，後收在《集外集》中；一九二六年又寫過《阿Q正傳的成因》一文，收在《華蓋集續篇》中，都可參

看。

②「立言」　我國古代所謂「三不朽」之一。《左傳》襄公二十四年載魯國大夫叔孫豹的話：「太上有立德，其次有立功，其次有立言，雖久不廢，此之謂不朽。」

③「名不正則言不順」　語見《論語‧子路》。

④內傳　小說體傳記的一種。作者在一九三一年三月三日給《阿Q正傳》日譯者山上正義的校釋中說：「昔日道士寫仙人的事多以『內傳』題名。」

⑤「正史」　封建時代由官方撰修或認可的史書。清代乾隆時規定自《史記》至《明史》歷代二十四部紀傳體史書爲「正史」。「正史」中的「列傳」部分，一般都是著名人物的傳記。

⑥宣付國史館立「本傳」　舊時效忠於統治階級的重要人物或所謂名人，死後由政府明令褒揚，令文末常有「宣付國史館立傳」的話。歷代編纂史書的機構，名稱不一，清代叫國史館。辛亥革命後，北洋軍閥及國民黨政府都曾沿用這一名稱。

⑦迭更司（C. Dickens, 1812–1870）　通譯狄更斯，英國小說家。著有《大衛‧科波菲爾》、《雙城記》等。《博徒別傳》原名《勞特奈‧斯吞》，英國小說家柯南‧道爾（1859–1930）著，陳大澄等譯，是商務印書館出版的《說部叢書》之一。魯迅在一九二六年八月八日致書素園信中曾說：「《博徒別傳》是Rodney Stone的譯名，但是C.Doyle做的。《阿Q正傳》中說是迭更司作，乃是我誤記。」

⑧「引車賣漿者流」所用的話　指白話文。當時林紓反對白話文，他在一九一九年三月給蔡元培的信中，有「若盡廢古書，行用土語爲文字，則都下引車賣漿之徒所操之語，按之皆有文法，……據此則凡京津之稗販，均可用爲教授矣」等語。一九三一年三月三日作者給日本山上正義的校釋中說：「『引車賣漿』，即拉車賣豆腐漿之謂，係指蔡元培氏之父。那時，蔡元培氏爲北京大學校長，亦係主張白話者之一，故亦受到攻擊之矢。」

⑨不入三教九流的小說家　三教，指儒教、佛教、道教；九流，即九家。《漢書·藝文志》中分古代諸子爲十家：儒家、道家、陰陽家、法家、名家、墨家、縱橫家、雜家、農家，小說家，並說：「諸子十家，其可觀者九家而已。」「小說家者流，蓋出於稗官。街談巷議，道聽途說者之所造也。……是以君子弗爲也。」

⑩《書法正傳》　一部關於書法的書，清代馮武著，共十卷。這裡的「正傳」是「正確的傳授」的意思。

⑪「著之竹帛」　語出《呂氏春秋·仲春紀》：「著乎竹帛，傳乎後世。」竹，竹簡；帛，絹綢。我國古代未發明造紙前曾用來書寫文字。

⑫茂才　即秀才。東漢時，因爲避光武帝劉秀的名諱，改秀才爲茂才；後來有時也沿用作秀才的別稱。

⑬陳獨秀辦了《新青年》提倡洋字　指一九一八年前後錢玄同等人在《新青年》雜誌上開展關於廢除

漢字、改用羅馬字母拼音的討論一事。一九三一年三月三日作者在給山上正義的校釋中說：「主張用羅馬字母的是錢玄同，這裡說是陳獨秀，係茂才公之誤。」

⑭**《郡名百家姓》**　《百家姓》是以前學塾所用的識字課本之一，宋初人編纂。爲便於誦讀，將姓氏連綴爲四言韻語。《郡名百家姓》則在每一姓上都附注郡（**古代地方區域的名稱**）名，表示某姓望族曾居古代某地，如趙爲「天水」、錢爲「彭城」之類。

⑮**胡適之**（1891-1962）　即胡適，安徽績溪人，他在一九二〇年七月所作《〈水滸傳〉考證》中，自稱「有歷史癖與考據癖」。

⑯**「行狀」**　原指封建時代記述死者世系、籍貫、生卒、事跡的文字，一般由其家屬撰寫。這裡泛指經歷。

⑰**土穀祠**　即土地廟。土穀，指土地神和五穀神。

⑱**「文童」**　也稱「童生」，指科舉時代習舉業而尚未考取秀才的人。

⑲**狀元**　科舉時代，經皇帝殿試取中的第一名進士叫狀元。

⑳**押牌寶**　一種賭博。賭局中爲主的人叫「莊家」；下文的「青龍」、「天門」、「穿堂」等都是押牌寶的用語，指押賭注的位置；「四百」、「一百五十」是押賭注的錢數。

㉑**「塞翁失馬安知非福」**　據《淮南子·人間訓》：「近塞上之人有善術者，馬無故亡胡中，人皆吊之。其父曰：此何遽不能爲福乎？居數月，其馬將胡駿馬而歸，人皆賀之。其父曰：此何遽不能爲

禍乎？家富馬良，其子好騎，墮而折髀，人皆吊之。其父曰：此何遽不能爲福乎？居一年，胡人大入塞，丁壯者控弦而戰，塞上之人死者十九，此獨以跛之故，父子相保。故福之爲禍，禍之爲福，化不可極，深不可測也。」

㉒**賽神** 即迎神賽會，舊時的一種迷信習俗。以鼓樂儀仗和雜戲等迎神出廟，周遊街巷，以酬神祈福。

㉓**《小孤孀上墳》** 當時流行的一齣紹興地方戲。

㉔**太牢** 按古代祭禮，原指牛、羊、豕三牲，但後來單稱牛爲太牢。

㉕**皇帝已經停了考** 光緒三十一年（1905），清政府下令自丙午科起，廢止科舉考試。

㉖**哭喪棒** 舊時在爲父母送殯時，兒子須手拄「孝杖」，以表示悲痛難支。阿Q因厭惡假洋鬼子，所以把他的手杖咒爲「哭喪棒」。

㉗「**不孝有三無後為大**」 語見《孟子·離婁》。據漢代趙岐注：「於禮有不孝者三事，謂阿意曲從，陷親不義，一不孝也；家窮親老，不爲祿仕，二不孝也；不娶無子，絕先祖祀，三不孝也。三者之中，無後爲大。」

㉘「**若敖之鬼餒而**」 語出《左傳》宣公四年：楚國司馬子良（**若敖氏**）的兒子越椒長相凶惡，子良的哥哥子文認爲越椒長大後會招致滅族之禍，要子良殺死他。子良沒有依從。子文臨死時說：「鬼猶求食，若敖氏之鬼不其餒而。」意思是若敖氏以後沒有子孫供飯，鬼魂都要挨餓了。而，語尾助

詞。

㉙「**不能收其放心**」　《尚書・畢命》：「雖收放心，閑之維艱。」放心，心無約束的意思。

㉚**妲己**　殷紂王的妃子。下文的褒姒是周幽王的妃子。《史記》中有商因妲己而亡，周因褒姒而衰的記載。貂蟬是《三國演義》中王允家的一個歌妓，書中有呂布為爭奪她而殺死董卓的故事。作者在這裡是諷刺那種把歷史上亡國敗家的原因都歸罪於婦女的觀點。

㉛「**男女之大防**」　指封建禮教對男女之間所規定的嚴格界限，如「男子居外，女子居內」（《**禮記・內則**》），「男女授受不親」（《**孟子・離婁**》），等等。

㉜「**誅心**」　猶「誅意」。《後漢書・霍諝傳》：「《春秋》之義，原情定過，赦事誅意。」誅心、誅意，指不問實際情形如何而主觀地推究別人的居心。

㉝「**而立**」　語出《論語・為政》：「三十而立」。原是孔丘說他三十歲在學問上有所自立的話，後來就常被用作三十歲的代名詞。

㉞**小Don**　即小同。作者在《且介亭雜文・寄〈戲〉週刊編者信》中說：「他叫『小同』，大起來，和阿Q一樣。」

㉟「**我手執鋼鞭將你打！**」　這一句及下文的「悔不該，酒醉錯斬了鄭賢弟」，都是當時紹興地方戲《龍虎鬥》中的唱詞。這齣戲演的是宋太祖趙匡胤和呼延贊交戰的故事。鄭賢弟，指趙匡胤部下猛將鄭子明。

㊱「士別三日便當刮目相待」　語出《三國志・吳書・呂蒙傳》裴松之注：「士別三日，即更刮目相待。」刮目，拭目的意思。

㊲三十二張的竹牌　一種賭具。即牙牌或骨牌，用象牙或獸骨所製，簡陋的就用竹製成。下文的「麻醬」指麻雀牌，俗稱麻將，也是一種賭具。阿Q把「麻將」訛爲「麻醬」。

㊳三百大錢九二串　即「三百大錢，以九十二文作爲一百」（見《華蓋集續編・阿Q正傳的成因》）。舊時我國用的銅錢，中有方孔，可用繩子串在一起，每千枚（或每枚「當十」的大錢一百枚）爲一串，稱作一吊，但實際上常不足數。

㊴「庭訓」　《論語・季氏》載：孔丘「嘗獨立，鯉（按即孔丘的兒子）趨而過庭」，孔丘要他學「詩」、學「禮」。後來就常有人稱父親的教訓爲「庭訓」或「過庭之訓」。

㊵「斯亦不足畏也矣」　語見《論語・子罕》。

㊶「宣統三年九月十四日」　這一天是公元一九一一年十一月四日，辛亥革命武昌起義後的第二十五天。據《中國革命史》第三冊（一九一一年上海自由社編印）記載：辛亥九月十四日杭州府爲民軍佔領，紹興府即日宣布光復。

㊷穿著崇正皇帝的素　崇正，作品中人物對崇禎的訛稱。崇禎是明思宗（朱由檢）的年號。明亡於清，後來有些農民起義的部隊，常用「反清復明」的口號來反對清朝統治，因此直到清末還有人認爲革命軍起義是替崇禎皇帝報仇。

㊸寧式床　浙江寧波一代製作的一種比較講究的床。

㊹「咸與維新」　語見《尚書・胤征》：「舊染污俗，咸與維新。」原意是對一切受惡習影響的人都給以棄舊從新的機會。這裡指辛亥革命時革命派與反動勢力妥協，地主官僚等乘此投機的現象。

㊺宣德爐　明宣宗宣德年間（1426-1435）製造的一種比較名貴的小型銅香爐，爐底有「大明宣德年製」字樣。

㊻把總　清代最下一級的武官。

㊼「黃傘格」　一種寫信格式。在八行豎寫的信紙上，每行都有頌揚或表示敬意的語句，這些語句都抬頭寫，但不寫到底，近中央處的一行寫受信人的名號，更加抬高一格，下面的字也多一些，這一行便矗立於兩旁的短行之間，看起來像一把黃色的傘柄。黃傘是封建時代高貴的儀仗之一，故這種寫法稱「黃傘格」。這樣的信表示對於對方的恭敬。

㊽柿油黨的頂子　柿油黨是「自由黨」的諧音，作者在《華蓋集續編・阿Q正傳的成因》中說：「『柿油黨』……原是『自由黨』，鄉下人不能懂，便訛成他們懂的『柿油黨』了。」頂子是清代官員帽頂上表示官階的帽珠。這裡是未莊人把自由黨的徽章比作官員的「頂子」。

㊾翰林　唐代以來皇帝的文學侍從的名稱。明、清時代凡進士選入翰林院供職者通稱翰林，擔任編修國史、起草文件等工作，是一種名望較高的文職官銜。

㊿劉海仙　指五代時的劉海蟾。相傳他在終南山修道成仙。流行於民間的他的畫像，一般都是披著長

髮，前額覆有短髮。

㊿洪哥　大概指黎元洪。他原任清朝新軍第二十一混成協的協統（相當於以後的旅長），一九一一年武昌起義時，被拉出來擔任革命軍的鄂軍都督。他並未參與武昌起義的籌劃。

㊾NO　英語：「不」的意思。

㊿義皇　指伏羲氏。傳說中我國上古時代的帝王。他的時代過去曾被形容為太平盛世。

端午節①

方玄綽近來愛說「差不多」這一句話，幾乎成了「口頭禪」似的；而且不但說，的確也盤據在他腦裡了。他最初說的是「都一樣」，後來大約覺得欠穩當了，便改為「差不多」，一直使用到現在。

他自從發現了這一句平凡的警句以後，雖然引起了不少的新感慨，同時卻也得到許多新慰安。譬如看見老輩威壓青年，在先是要憤憤的，但現在卻就轉念道，將來這少年有了兒孫時，大抵也要擺這架子的罷，便再沒有什麼不平了。又如看見兵士打車夫，在先也要憤憤的，但現在也就轉念道，倘使這車夫當了兵，這兵拉了車，大抵也就這麼打，便再也不放在心上了。他這樣想著的時候，有時也疑心是因為自己沒有和惡社會奮鬥的勇氣，所以瞞心昧己的故意造出來的一條逃路，很近於「無是非之心」②，遠不如改正了好。然而這意見，總反而在他腦裡生長起來。

他將這「差不多說」最初公表的時候是在北京首善學校的講堂上，其時大概是提起關於歷史上的事情來，於是說到「古今人不相遠」，說到各色人等的「性相近」③，終於牽扯到學生和官僚身上，大發其議論道：

「現在社會上時髦的都通行罵官僚，而學生罵得尤厲害。然而官僚並不是天生的特別種族，就是平民變就的。現在學生出身的官僚就不少，和老官僚有什麼兩樣呢？『易地則皆然』④，思想言論舉動豐采都沒有什麼大區別……便是學生團體新辦的許多事業，不是也已經難免出弊病，大半煙消火滅了麼？差不多的。但中國將來之可慮就在此……」

散坐在講堂裡的二十多個聽講者，有的悵然了，或者是以爲這話對；有的勃然了，大約是以爲侮辱了神聖的青年；有幾個卻對他微笑了，大約以爲這是他替自己的辯解：因爲方玄綽就是兼做官僚的。

而其實卻是都錯誤。這不過是他的一種新不平；雖說不平，又只是他的一種安分的空論。他自己雖然不知道是因爲懶，還是因爲無用，總之覺得是一個不肯運動，十分安分守己的人。總長冤他有神經病，只要地位還不至於動搖，他絕不開一開口；教員的薪水欠到大半年了，只要別有官俸支持，他也絕不開一開口。不但不開口，當教員聯合索薪的時候，他還暗地以爲欠斟酌，太嚷嚷；直到聽得同僚過分的奚落他們了，這才略有些小感慨，後來一轉念，這或者因爲自己正缺錢，而別的官並不兼做教員的緣故罷，於是也就釋然了。

他雖然也缺錢，但從沒有加入教員的團體內，大家議決罷課，可是不去上課了。政府說「上了課才給錢」，他才略恨他們的類乎用果子耍猴子；一個大教育家⑤說道「教員一手挾書包一手要錢不高尚」，他才對於他的太太正式的發牢騷了。

「喂，怎麼只有兩盤？」聽了「不高尚說」這一日的晚餐時候，他看著蔬菜說。

他們是沒有受過新教育的，太太並無學名或雅號，所以也就沒有什麼稱呼了，照老例雖然也可以叫「太太」，但他又不願意太守舊，於是就發明了一個「喂」字。太太對他卻連「喂」字也沒有，只要臉向著他說話，依據習慣法，他就知道這話是對他而發的。

「可是上月領來的一成半都完了……昨天的米，也還是好容易才賒來的呢。」伊站在桌旁，臉對著他說。

「你看，還說教書的要薪水是卑鄙哩。這種東西似乎連人要吃飯，飯要米做，米要錢買這一點粗淺事情都不知道……」

「對啦。沒有錢怎麼買米，沒有米怎麼煮……」

他兩頰都鼓起來了，彷彿氣惱這答案正和他的議論「差不多」，近乎隨聲附和模樣；接著便將頭轉向別一面去了，依據習慣法，這是宣告討論中止的表示。

待到淒風冷雨這一天，教員們因爲向政府去索欠薪⑥，在新華門前爛泥裡被國軍打得頭破血出之後，倒居然也發了一點薪水。方玄綽不費一舉手之勞的領了錢，酌還些舊債，卻還缺一大筆款，這是因爲官俸也頗有些拖欠了。當是時，便是廉吏清官們也漸以爲薪之不可不索，而況兼做教員的方玄綽，自然更表同情於學界起來，所以大家主張繼續罷課的時候，他雖然仍未到場，事後卻尤其心悅誠服的確守了公共的議決。

然而政府竟又付錢，學校也就開課了。但在前幾天，卻有學生總會上一個呈文給政府，說「教員倘若不上課，便不要付欠薪。」這雖然並無效，而方玄綽卻忽而記起前回政府所說的「上了課才給錢」的話來，「差不多」這一個影子在他眼前又一晃，而且並不消滅，於是他便在講堂上公表了。

准此，可見如果將「差不多說」鍛煉羅織起來，自然也可以判作一種挾帶私心的不平，但總不能說是專爲自己做官的辯解。只是每到這些時，他又常常喜歡拉上中國將來的命運之類的問題，一不小心，便連自己也以爲是一個憂國的志士：人們是每苦於沒有「自知之明」的。

但是「差不多」的事實又發生了，政府當初只不理那些招人頭痛的教員，後來竟不理到無關痛癢的官吏，欠而又欠，終於逼得先前鄙薄教員要錢的好官，也很有幾員化爲索薪大會裡的驍將了。惟有幾種日報上卻很發了些鄙薄譏笑他們的文字。方玄綽也毫不爲奇，毫不介意，因爲他根據了他的「差不多說」，知道這是新聞記者還未缺少潤筆⑦的緣故，萬一政府或是闊人停了津貼，他們多半也要開大會的。

他既已表同情於教員的索薪，自然也贊成同僚的索俸，然而他仍然安坐在衙門中，照例的並不一同去討債。至於有人疑心他孤高，那也可不過是一種誤解罷了。他自己說，他是自從出世以來，只有人向他來要債，他從沒有向人去討過債，所以這一端是「非其所長」。而且他最不敢見手握經濟之權的人物，這種人待到失了權勢之後，捧著一本《大乘起信論》⑧講佛學的時候，固然也很是「藹然可親」的了，但還在寶座上時，卻總是一副閻王臉，將別人都當奴才看，自以爲手操著你們這些窮小子們的生殺之權。他因此不敢見，也不願見他們。這種脾氣，雖然有時連自己也覺得是孤高，但往往同時也疑心這其實是沒本領。

大家左索右索，總算一節一節的挨過去了，但比起先前來，方玄綽究竟是萬分的拮据，所以使用的小廝和交易的店家不消說，便是方太太對於他也漸漸的缺了敬意，只要看伊近來不很附和，而且常常提出獨創的意見，有些唐突的舉動，也就可以了然了。到了陰曆五月初四的午前，他一回來，伊便將一疊賬單塞在他的鼻子跟前，這也是往常所沒有的。

「一總總得一百八十塊錢才夠開銷……發了麼？」伊並不對著他看的說。

「哼，我明天不做官了。錢的支票是領來的了，可是索薪大會的代表不發放，先說是沒有同去的人都不發，後來又說是要到他們跟前去親領。他們今天單捏著支票，就變了閻王臉了，我實在怕看見……我錢也不要了，官也不做了，這樣無限量的卑屈……」

方太太見了這少見的義憤，倒有些愕然了，但也就沉靜下來。

「我想，還不如去親領罷，這算什麼呢。」伊看著他的臉說。

「我不去！這是官俸，不是賞錢，照例應該由會計科送來的。」

「可是不送來又怎麼好呢……哦，昨夜忘記說了，孩子們說那學費，學校裡已經催過好幾次了，說是倘若再不繳……」

「胡說！做老子的辦事教書都不給錢，兒子去唸幾句書倒要錢？」

伊覺得他已經不很顧忌道理，似乎就要將自己當作校長來出氣，犯不上，便不再言語了。

兩個默默的吃了午飯。他想了一會，又懊惱的出去了。

照舊例，近年是每逢節根或年關的前一天，他一定須在夜裡的十二點鐘才回家，一面走，一面掏著懷中，一面大聲的叫道，「喂，領來了！」於是遞給伊一疊簇新的中交票⑨，臉上很有些得意的形色。誰知道初四這一天卻破了例，他不到七點鐘便回家來。方太太很驚疑，以爲他竟已辭了職了，但暗暗地察看他臉上，卻也並不見有什麼格外倒運的神情。

「怎麼了？……這樣早？……」伊看定了他說。

「發不及了，領不出了，銀行已經關了門，得等初八。」

「親領？……」伊惴惴的問。

「親領這一層，倒也已經取消了，聽說仍舊由會計科分送。可是銀行今天已經關了門，休息三天，得等到初八的上午。」他坐下，眼睛看著地面了，喝過一口茶，才又慢慢的開口說，「幸而衙門裡也沒有什麼問題了，大約到初八就準有錢……向不相干的親戚朋友去借錢，實在是一件煩難事。我午後硬著頭皮去尋金永生，談了一會，他先恭維我不去索薪，不肯親領，非常之清高，一個人正應該這樣做；待到知道我想要向他通融五十元，就像我在他嘴裡塞了一大把鹽似的，凡有臉上可以打皺的地方都打起皺來，說房租怎樣的收不起，買賣怎樣的賠本，在同事面前親身領款，也不算什麼的，即刻將我支使出來了。」

「這樣緊急的節根，誰還肯借出錢去呢？」方太太卻只淡淡的說，並沒有什麼慨然。

方玄綽低下頭來了，覺得這也無怪其然的，況且自己和金永生本來很疏遠。他接著就記起去年年關的事來，那時有一個同鄉來借十塊錢，他其時明明已經收到了衙門的領款憑單的了，因爲恐怕這人將來未必會還錢，便裝了一副爲難的神色，說道衙門裡既然領不到俸錢，學校裡又不發薪水，實在「愛莫能助」，將他空手送走了。他雖然自己並不看見裝了怎樣的臉，但此時卻覺得很局促，嘴唇微微一動，又搖一搖頭。

然而不多久，他忽而恍然大悟似的發命令了：叫小廝即刻上街去賒一瓶蓮花白。他知道店家希圖明天多還賬，大抵是不敢不賒的，假如不賒，則明天分文不還，正是他們應得的懲罰。

蓮花白竟賒來了，他喝了兩杯，青白色的臉上泛了紅，吃完飯，又頗有些高興了。他點上一枝大號哈德門香煙，從桌上抓起一本《嘗試集》⑩來，躺在床上就要看。

「那麼，明天怎麼對付店家呢？」方太太追上去，站在床面前，看著他的臉說。

「店家？……教他們初八的下半天來。」

「我可不能這麼說。他們不相信，不答應的。」

「有什麼不相信。他們可以問去，全衙門裡什麼人也沒有領到，都得初八！」他戟著第二個指頭在帳子裡的空中畫了一個半圓，方太太跟著指頭也看了一個半圓，只見這手便去翻開了《嘗試集》。

方太太見他強橫到出乎情理之外了，也暫時開不得口。

「我想，這模樣是鬧不下去的，將來總得想點法，做點什麼別的事……」伊終於尋到了別的路，說。

「什麼法呢？我『文不像謄錄生，武不像救火兵』，別的做什麼？」

「你不是給上海的書鋪子做過文章麼？」

「上海的書鋪子？買稿要一個一個的算字，空格不算數。你看我做在那裡的白話詩去，空白有多少，怕只值三百大錢一本罷。收版權稅又半年六月沒消息，『遠水救不得近火』，誰耐煩。」

「那麼，給這裡的報館裡……」

「給報館裡？便在這裡很大的報館裡，我靠著一個學生在那裡做編輯的大情面，一千字也就是這幾個錢，即使一早做到夜，能夠養活你們麼？況且我肚子裡也沒有這許多文章。」

「那麼，過了節怎麼辦呢？」

「過了節麼？——仍舊做官……明天店家來要錢，你只要說初八的下午。」

他又要看《嘗試集》了。方太太怕失了機會，連忙吞吞吐吐的說：

「我想，過了節，到了初八，我們……倒不如去買一張彩票⑪……」

「胡說！會說出這樣無教育的……」

這時候，他忽而又記起被金永生支使出來以後的事了。那時他惘惘的走過稻香村，看見店門口豎著許多斗大的字的廣告道「頭彩幾萬元」，彷彿記得心裡也一動，或者也許放慢了腳步的罷，但似乎因爲捨不得皮夾裡僅存的六角錢，所以竟也毅然決然的走遠了。他臉色一變，方太太料想他是在惱著伊的無教育，便趕緊退開，沒有說完話。方玄綽也沒有說完話，將腰一伸，咿咿嗚嗚的就唸《嘗試集》。

一九二二年六月

注釋

①本篇最初發表於一九二二年九月上海《小說月報》第十三卷第九號。

②「無是非之心」　語見《孟子・公孫丑》：「無是非之心，非人也。」

③「性相近」　語見《論語・陽貨》：「性相近也，習相遠也。」

④「易地則皆然」　語見《孟子・離婁》。

⑤大教育家　指范源濂。據北京《語絲》週刊第十四期《理想中的教師》一文追述：「前教育總長……范靜生先生（按即范源濂）也曾非難過北京各校的教員，說他們一手拿錢，一手拿書包上課。」

⑥指當時曾發生的索薪事件。一九二一年六月三日，國立北京專門以上八校辭職教職員代表聯席會，聯合全市各校教職員工和學生群眾一萬多人舉行示威遊行，向以徐世昌爲首的北洋軍閥政府索取欠

薪，遭到鎮壓，多人受傷。下文的新華門，在北京西長安街，當時曾是北洋軍閥政府總統府的大門。

⑦**潤筆**　原指給撰作詩文或寫字、畫畫的人的報酬，後來也用作稿酬的別稱。

⑧**《大乘起信論》**　佛經名。印度馬鳴菩薩作，有梁代真諦三藏和唐代實叉難陀的兩種譯本。

⑨**中交票**　中國銀行和交通銀行（**都是當時的國家銀行**）發行的鈔票。

⑩**《嘗試集》**　胡適作的白話詩集，一九二〇年三月上海亞東圖書館出版。

⑪**彩票**　一種帶有賭博性質的證券。大多由官方發行，編有號碼，以一定的價格出售，從售得的款中提出一小部分作獎金；用抽籤的辦法定出各級中獎號碼，凡彩票號碼與中獎號碼相同的，按等級領獎，未中的作廢。

白光①

陳士成看過縣考的榜，回到家裡的時候，已經是下午了。他去得本很早，一見榜，便先在這上面尋陳字。陳字也不少，似乎也都爭先恐後的跳進他眼睛裡來，然而接著的卻全不是士成這兩個字。他於是重新再在十二張榜的圓圖②裡細細地搜尋，看的人全已散盡了，而陳士成在榜上終於沒有見，單站在試院的照壁的面前。

涼風雖然拂拂的吹動他斑白的短髮，初冬的太陽卻還是很溫和的來曬他。但他似乎被太陽曬得頭暈了，臉色越加變成灰白，從勞乏的紅腫的兩眼裡，發出古怪的閃光。這時他其實早已不看到什麼牆上的榜文了，只見有許多烏黑的圓圈，在眼前泛泛的游走。

雋了秀才，上省去鄉試，一徑聯捷上去，……紳士們既然千方百計的來攀親，人們又都像看見神明似的敬畏，深悔先前的輕薄，發昏，……趕走了租住在自己破宅門裡的雜姓——那是不勞說起，自己就搬的，——屋宇全新了，門口是旗竿和扁額，……要清高可以做京官，否則不如謀外放。……他平日安排停當的前程，這時候又像受潮的糖塔一般，剎時倒塌，只剩下一堆碎片了。他不自覺的旋轉了覺得渙散了的身軀，惘惘的走向歸家的路。

他剛到自己的房門口，七個學童便一齊放開喉嚨，吱的唸起書來。他大吃一驚，耳朵邊似乎敲了一聲磬，只見七個頭拖了小辮子在眼前晃，晃得滿房，黑圈子也夾著跳舞。他坐下了，他們送上晚課來，臉上都顯出小覷他的神色。

「回去罷。」他遲疑了片時，這才悲慘的說。

他們胡亂的包了書包，挾著，一溜煙跑走了。

陳士成還看見許多小頭夾著黑圓圈在眼前跳舞，有時雜亂，有時也排成異樣的陣圖，然而漸漸的減少，模糊了。

「這回又完了！」

他大吃一驚，直跳起來，分明就在耳朵邊的話，回過頭去卻並沒有什麼人，彷彿又聽得嗡的敲了一聲磬，自己的嘴也說道：

「這回又完了！」

他忽而舉起一隻手來，屈指計數著想，十一，十三回，連今年是十六回，竟沒有一個考官懂得文章，有眼無珠，也是可憐的事，便不由嘻嘻的失了笑。然而他憤然了，驀地從書包布底下抽出謄真的制藝和試帖③來，拿著往外走，剛近房門，卻看見滿眼都明亮，連一群雞也正在笑他，便禁不住心頭突突的狂跳，只好縮回裡面了。

他又就了坐，眼光格外的閃爍；他目睹著許多東西，然而很模糊，——是倒塌了的糖塔一般的前程躺在他面前，這前程又只是廣大起來，阻住了他的一切路。

別家的炊煙早消歇了，碗筷也洗過了，而陳士成還不去做飯。寓在這裡的雜姓是知道老例的，凡遇到縣考的年頭，看見發榜後的這樣的眼光，不如及早關了門，不要多管事。最先就絕了人聲，接著是陸續的熄了燈火，獨有月亮，卻緩緩的出現在寒夜的空中。

空中青碧到如一片海，略有些浮雲，彷彿有誰將粉筆洗在筆洗裡似的搖曳。月亮對著陳士成注下寒冷的光波來，當初也不過像是一面新磨的鐵鏡罷了，而這鏡卻詭秘的照透了陳士成的全身，就在他身上映出鐵的月亮的影。

他還在房外的院子裡徘徊，眼裡頗清淨了，四近也寂靜。但這寂靜忽又無端的紛擾起來，他耳邊又確鑿聽到急促的低聲說：

「左彎右彎……」

他聳然了，傾耳聽時，那聲音卻又提高的複述道：

「右彎！」

他記得了。這院子，是他家還未如此凋零的時候，一到夏天的夜間，夜夜和他的祖母在此納涼的院子。那時他不過十歲有零的孩子，躺在竹榻上，祖母便坐在榻旁邊，講給他有趣的故事聽。伊說是曾經聽得伊的祖母說，陳氏的祖宗是巨富的，這屋子便是祖基，祖宗埋著無數的銀子，有福氣的子孫一定會得到的罷，然而至今還沒有現。至於處所，那是藏在一個謎語的中間：

「左彎右彎，前走後走，量金量銀不論斗。」

對於這謎語，陳士成便在平時，本也常常暗地裡加以揣測的，可惜大抵剛以爲可通，卻又立刻覺得不合了。有一回，他確有把握，知道這是在租給唐家的房底下的了，然而總沒有前去發掘的勇氣；過了幾時，可又覺得太不相像了。至於他自己房子裡的幾個掘過的舊痕跡，那卻全是先前幾回下第以後的發了怔忡的舉動，後來自己一看到，也還感到慚愧而且羞人。

但今天鐵的光罩住了陳士成，又軟軟的來勸他了，他或者偶一遲疑，便給他正經的證明，又加上陰森的催逼，使他不得不又向自己的房裡轉過眼光去。

白光如一柄白團扇，搖搖擺擺的閃起在他房裡了。

「也終於在這裡！」

他說著，獅子似的趕快走進那房裡去，但跨進裡面的時候，便不見了白光的影蹤，只有莽蒼蒼的一間舊房，和幾個破書桌都沒在昏暗裡。他爽然的站著，慢慢的再定睛，然而白光卻分明的又起來了，這回更廣大，比硫黃火更白淨，比朝霧更霏微，而且便在靠東牆的一張書桌下。

陳士成獅子似的奔到門後邊，伸手去摸鋤頭，撞著一條黑影。他不知怎的有些怕了，張惶的點了燈，看鋤頭無非倚著。他移開桌子，用鋤頭一氣掘起四塊大方磚，蹲身一看，照例是黃澄澄的細沙；揎了袖扒開細沙，便露出下面的黑土來，他極小心的，幽靜的，一鋤一鋤往下掘，然而深夜究竟太寂靜了，尖鐵觸土的聲音，總是鈍垂的不肯瞞人的發響。

土坑深到二尺多了，並不見有瓮口，陳士成正心焦，一聲脆響，頗震得手腕痛，鋤頭碰著什麼堅硬的東西了；他急忙拋下鋤頭，摸索著看時，一塊大方磚在下面。他的心抖得很利害，聚精會神的挖起那方磚來，下面也滿是先前一樣的黑土，扒鬆了許多土，下面似乎還無窮。但忽而又觸著堅硬的小東西了，圓的，大約是一個鏽銅錢；此外也還有幾片破碎的磁片。

陳士成心裡彷彿覺得空虛了，渾身流汗，急躁的只扒搔；這其間，心在空中一抖動，又觸著一種古怪的小東西了，這似乎約略有些馬掌形的，但觸手很鬆脆。他又聚精會神的挖起那東西來，謹慎的撮著，就燈光下仔細的看時，那東西斑斑剝剝的像是爛骨頭，上面還帶著一排零落不全的牙齒。他已經悟到這許是下巴骨了，而那下巴骨也便在他手裡索索的動彈起來，而且笑吟吟的顯出笑影，終於聽得他開口道：

「這回又完了！」

他栗然的發了大冷，同時也放了手，下巴骨輕飄飄的回到坑底裡不多久，他也就逃到院子裡了。他偷看房裡面，燈火如此輝煌，下巴骨如此嘲笑，異乎尋常的怕人，便再不敢向那邊看。他躲在遠處外的檐下的陰影裡，覺得較爲平安了；但在這平安中，忽而耳朵邊又聽得竊竊的低聲說：

「這裡沒有……到山裡去……」

陳士成似乎記得白天在街上也曾聽得有人說這種話，他不待再聽完，已經恍然大悟了。他突然仰面向天，月亮已向西高峰這方面隱去，遠想離城三十五里的西高峰正在眼前，朝笏④一般黑魅魅的挺立著，周圍便放出浩大閃爍的白光來。

而且這白光又遠遠的就在前面了。

「是的，到山裡去！」

他決定的想，慘然的奔出去了。幾回的開門聲之後，門裡面便再不聞一些聲息。燈火結了大燈花照著空屋和坑洞，畢畢剝剝的炸了幾聲之後，便漸漸的縮小以至於無有，那是殘油已經燒盡了。

「開城門來——」

含著大希望的恐怖的悲聲，游絲似的在西關門前的黎明中，戰戰兢兢的叫喊。

第二天的日中，有人在離西門十五里的萬流湖裡看見一個浮屍，當即傳揚開去，終於傳到地保的耳朵裡了，便叫鄉下人撈將上來。那是一個男屍，五十多歲，「身中面白無鬚」，渾身也沒有什麼衣褲。或者說這就是陳士成。但鄰居懶得去看，也並無屍親認領，於是經縣委會相驗之後，便由地保抬埋了。至於死因，那當然是沒有問題的，剝取死屍的衣服本來是常有的事，夠不上疑心到謀害去；而且仵作也證明是生前落的水，因爲他確鑿曾在水底裡掙命，所以十個指甲裡都滿嵌著河底泥。

一九二二年六月

注釋

①本篇最初發表於一九二二年七月十日上海《東方雜誌》第十九卷第十三號。

②圓圖　科舉時代縣考初試公佈的名榜，也叫團榜。一般不計名次。爲了便於計算，將每五十名考取者的姓名寫成一個圓圖；開始一名以較大的字提高寫，其次沿時針方向自右至左寫去。

③制藝和試帖　制藝，即摘取「四書」「五經」中的文句命題、立論的八股文；試帖，指試帖詩，用古人詩句或成語一句，冠以「賦得」二字爲題，一般爲五言八韻，即五字一句，十六句一首，二句一韻。它們是科舉考試規定的公式化的詩文。

④朝笏　古代臣子朝見皇帝時所執狹長而稍彎的手板，按品級不同，分別用玉、象牙或竹製成，將要奏的事書記其上，以免遺忘。

兔和貓①

住在我們後進院子裡的三太太，在夏間買了一對白兔，是給伊的孩子們看的。

這一對白兔，似乎離娘並不久，雖然是異類，也可以看出他們的天真爛漫來。但也豎直了小小的通紅的長耳朵，動著鼻子，眼睛裡頗現些驚疑的神色，大約究竟覺得人地生疏，沒有在老家時候的安心了。這種東西，倘到廟會②日期自己出去買，每個至多不過兩吊錢，而三太太卻花了一元，因爲是叫小使上店買來的。

孩子們自然大得意了，嚷著圍住了看；大人也都圍著看；還有一匹小狗名叫S的也跑來，闖過去一嗅，打了一個噴嚏，退了幾步。三太太吆喝道，「S，聽著，不准你咬他！」於是在他頭上打了一掌，S便退開了，從此並不咬。

這一對兔總是關在後窗後面的小院子裡的時候多，聽說是因爲太喜歡撕壁紙，也常常啃木器腳。這小院子裡有一株野桑樹，桑子落地，他們最愛吃，便連餵他們的波菜也不吃了。烏鴉喜鵲想要下來時，他們便躬著身子用後腳在地上使勁的一彈，砉的一聲直跳上來，像飛起了一團雪，鴉鵲嚇得趕緊走，這樣的幾回，再也不敢近來了。三太太說，鴉鵲倒不打緊，至多也不過搶吃一點食料，可惡的是一匹大黑貓，常在矮牆上惡狠狠的看，這卻要防的，幸而S和貓是對頭，或者還不至於有什麼罷。

孩子們時時捉他們來玩耍；他們很和氣，豎起耳朵，動著鼻子，馴良的站在小手的圈子裡，但一有空，卻也就溜開去了。他們夜裡的臥榻是一個小木箱，裡面鋪些稻草，就在後窗的房檐下。

這樣的幾個月之後，他們忽而自己掘土了，掘得非常快，前腳一抓，後腳一踢，不到半天，已經掘成一個深洞。大家都奇怪，後來仔細看時，原來一個的肚子比別一個的大得多了。他們第二天便將乾草和樹葉銜進洞裡去，忙了大半天。

大家都高興，說又有小兔可看了；三太太便對孩子們下了戒嚴令，從此不許再去捉。我的母親也很喜歡他們家族的繁榮，還說待生下來的離了乳，也要去討兩匹來養在自己的窗外面。

他們從此便住在自造的洞府裡，有時也出來吃些食，後來不見了，可不知道他們是預先運糧存在裡面呢還是竟不吃。過了十多天，三太太對我說，那兩匹又出來了，大約小兔是生下來又都死掉了，因爲雌的一匹的奶非常多，卻並不見有進去哺養孩子的形跡。伊言語之間頗氣憤，然而也沒有法。

有一天，太陽很溫暖，也沒有風，樹葉都不動，我忽聽得許多人在那裡笑，尋聲看時，卻見許多人都靠著三太太的後窗看：原來有一個小兔，在院子裡跳躍了。這比他的父母買來的時候還小得遠，但也已經能用後腳一彈地，迸跳起來了。孩子們爭著告訴我說，還看見一個小兔到洞口來探一探頭，但是即刻縮回去了，那該是他的弟弟罷。

那小的也撿些草葉吃，然而大的似乎不許他，往往夾口的搶去了，而自己並不吃。孩子們笑得響，那小的終於吃驚了，便跳著鑽進洞裡去；大的也跟到洞門口，用前腳推著他的孩子的脊梁，推進之後，又扒開泥土來封了洞。

從此小院子裡更熱鬧，窗口也時時有人窺探了。

然而竟又全不見了那小的和大的。這時是連日的陰天，三太太又慮到遭了那大黑貓的毒手的事去。我說不然，那是天氣冷，當然都躲著，太陽一出，一定出來的。

太陽出來了，他們卻都不見。於是大家就忘卻了。

惟有三太太是常在那裡餵他們波菜的，所以常想到。伊有一回走進窗後的小院子去，忽然在牆角上發現了一個別的洞，再看舊洞口，卻依稀的還見有許多爪痕。這爪痕倘說是大兔的，爪該不會有這樣大，伊又疑心到那常在牆上的大黑貓去了，伊於是也就不能不定下發掘的決心了。伊終於出來取了鋤子，一路掘下去，雖然疑心，卻也希望著意外的見了小白兔的，但是待到底，卻只見一堆爛草夾些兔毛，怕還是臨蓐時候所鋪的罷，此外是冷清清的，全沒有什麼雪白的小兔的蹤跡，以及他那隻一探頭未出洞外的弟弟了。

氣憤和失望和淒涼，使伊不能不再掘那牆角上的新洞了。一動手，那大的兩匹便先竄出洞外面。伊以為他們搬了家了，很高興，然而仍然掘，待見底，那裡面也鋪著草葉和兔毛，而上面卻睡著七個很小的兔，遍身肉紅色，細看時，眼睛全都沒有開。

一切都明白了，三太太先前的預料果不錯。伊為預防危險起見，便將七個小的都裝在木箱中，搬進自己的房裡，又將大的也捺進箱裡面，勒令伊去哺乳。

三太太從此不但深恨黑貓，而且頗不以大兔爲然了。據說當初那兩個被害之先，死掉的該還有，因爲他們生一回，絕不至於只兩個，但爲了哺乳不勻，不能爭食的就先死了。這大概也不錯的，現在七個之中，就有兩個很瘦弱。所以三太太一有閒空，便捉住母兔，將小兔一個一個輪流的擺在肚子上來喝奶，不准有多少。

母親對我說，那樣麻煩的養兔法，伊歷來連聽也未曾聽到過，恐怕是可以收入《無雙譜》③的。

白兔的家族更繁榮；大家也又都高興了。

但自此之後，我總覺得淒涼。夜半在燈下坐著想，那兩條小性命，竟是人不知鬼不覺的早在不知什麼時候喪失了，生物史上不著一些痕跡，並S也不叫一聲。我於是記起舊事來，先前我住在會館裡，清早起身，只見大槐樹下一片散亂的鴿子毛，這明明是膏於鷹吻的了，上午長班④來一打掃，便什麼都不見，誰知道曾有一個生命斷送在這裡呢？我又曾路過西四牌樓，看見一匹小狗被馬車軋得快死，待回來時，什麼也不見了，搬掉了罷，過往行人憧憧的走著，誰知道曾有一個生命斷送在這裡呢？夏夜，窗外面，常聽到蒼蠅的悠長的吱吱的叫聲，這一定是給蠅虎咬住了，然而我向來無所容心於其間，而別人並且不聽到……

假使造物也可以責備，那麼，我以爲他實在將生命造得太濫，毀得太濫了。

嗥的一聲，又是兩條貓在窗外打起架來。

「迅兒！你又在那裡打貓了？」

「不，他們自己咬。他那裡會給我打呢。」

我的母親是素來很不以我的虐待貓爲然的，現在大約疑心我要替小兔抱不平，下什麼辣手，便起來探問了。而我在全家的口碑上，卻的確算一個貓敵。我曾經害過貓，平時也常打貓，尤其是在他們配合的時候，但我之所以打的原因並非因爲他們配合，是因爲他們嚷，嚷到使我睡不著，我以爲配合是不必這樣大嚷而特嚷的。

況且黑貓害了小兔，我更是「師出有名」的了。我覺得母親實在太修善，於是不由的就說出模稜的近乎不以爲然的答話來。

造物太胡鬧，我不能不反抗他了，雖然也許是倒是幫他的忙……

那黑貓是不能久在矮牆上高視闊步的了，我決定的想，於是又不由的一瞥那藏在書箱裡的一瓶青酸鉀⑤。

一九二二年十月

注釋

①本篇最初發表於一九二二年十月十日北京《晨報副刊》。

②**廟會**　又稱「廟市」，舊時在節日或規定的日子，設在寺廟或其附近的集市。

③**《無雙譜》**　清代金古良編繪，內收從漢到宋四十個行爲獨特人物的畫像，並各附一詩。這裡借用來形容獨一無二。

④**長班**　舊時官員的隨身僕人，也用以稱一般的「聽差」。

⑤**青酸鉀**　即氰酸鉀，一種劇毒的化學品。

鴨的喜劇①

俄國的盲詩人愛羅先珂②君帶了他那六弦琴到北京之後不多久，便向我訴苦說：

「寂寞呀，寂寞呀，在沙漠上似的寂寞呀！」

這應該是真實的，但在我卻未曾感得；我住得久了，「入芝蘭之室，久而不聞其香」③，只以為很是嚷嚷罷了。然而我之所謂嚷嚷，或者也就是他之所謂寂寞罷。

我可是覺得在北京彷彿沒有春和秋。老於北京的人說，地氣北轉了，這裡在先是沒有這麼暖和。只是我總以為沒有春和秋；冬末和夏初銜接起來，夏才去，冬又開始了。

一日就是這冬末夏初的時候，而且是夜間，我偶而得了閑暇，去訪問愛羅先珂君。他一向寓在仲密君的家裡；這時一家的人都睡了覺了，天下很安靜。他獨自靠在自己的臥榻上，很高的眉棱在金黃色的長髮之間微蹙了，是在想他舊遊之地的緬甸，緬甸的夏夜。

「這樣的夜間，」他說，「在緬甸是遍地是音樂。房裡，草間，樹上，都有昆蟲吟叫，各種聲音，成為合奏，很神奇。其間時時夾著蛇鳴，『嘶嘶！』可是也與蟲聲相和協……」他沉思了，似乎想要追想起那時的情景來。

我開不得口。這樣奇妙的音樂，我在北京確乎未曾聽到過，所以即使如何愛國，也辯護不得，因為他雖然目無所見，耳朵是沒有聾的。

「北京卻連蛙鳴也沒有……」他又嘆息說。

「蛙鳴是有的！」這嘆息，卻使我勇猛起來了，於是抗議說，「到夏天，大雨之後，你便能聽到許多蝦蟆叫，那是都在溝裡面的，因爲北京到處都有溝。」

「哦……」

過了幾天，我的話居然證實了，因爲愛羅先珂君已經買到了十幾個蝌蚪了。他買來便放在他窗外的院子中央的小池裡。那池的長有三尺，寬有二尺，是仲密所掘，以種荷花的荷池。從這荷池裡，雖然從來沒有見過養出半朵荷花來，然而養蝦蟆卻實在是一個極合式的處所。

蝌蚪成群結隊在水裡面游泳；愛羅先珂君也常常踱來訪他們。有時候，孩子告訴他說，「愛羅先珂先生，他們生了腳了。」他便高興的微笑道，「哦！」

然而養成池沼的音樂家卻只是愛羅先珂君的一件事。他是向來主張自食其力的，常說女人可以畜牧，男人就應該種田。所以遇到很熟的友人，他便要勸誘他就在院子裡種白菜；也屢次對仲密夫人勸告，勸伊養蜂，養雞，養豬，養牛，養駱駝。後來仲密家裡果然有了許多小雞，滿院飛跑，啄完了鋪地錦的嫩葉，大約也許就是這勸告的結果了。

從此賣小雞的鄉下人也時常來，來一回便買幾隻，因爲小雞是容易積食，發痧，很難得長壽的；而且有一匹還成了愛羅先珂君在北京所作唯一的小說《小雞的悲劇》④裡的主人公。有一天的上午，那鄉下人竟意外的帶了小鴨來了，咻咻的叫著；但是仲密夫人說不要。愛羅先珂君也跑出來，他們就放一個在他兩手裡，而小鴨便在他兩手裡咻咻的叫。他以爲這也很可愛，於是又不能不買了，一共買了四個，每個八十文。

小鴨也誠然是可愛，遍身松花黃，放在地上，便蹣跚的走，互相招呼，總是在一處。大家都說好，明天去買泥鰍來餵他們罷。愛羅先珂君說，「這錢也可以歸我出的。」

他於是教書去了；大家也走散。不一會，仲密夫人拿冷飯來餵他們時，在遠處已聽得潑水的聲音，跑到一看，原來那四個小鴨都在荷池裡洗澡了，而且還翻筋斗，吃東西呢。等到攔他們上了岸，全池已經是渾水，過了半天，澄清了，只見泥裡露出幾條細藕來；而且再也尋不出一個已經生了腳的蝌蚪了。

「伊和希珂先，沒有了，蝦蟆的兒子。」傍晚時候，孩子們一見他回來，最小的一個便趕緊說。

「唔，蝦蟆？」

仲密夫人也出來了，報告了小鴨吃完蝌蚪的故事。

「唉，唉！……」他說。

待到小鴨褪了黃毛，愛羅先珂君卻忽而渴念著他的「俄羅斯母親」⑤了，便匆匆的向赤塔去。

待到四處蛙鳴的時候，小鴨也已經長成，兩個白的，兩個花的，而且不是咻咻的叫，都是「鴨鴨」的叫了。荷花池也早已容不下他們盤桓了，幸而仲密的住家的地勢是很低的，夏雨一降，院子裡滿積了水，他們便欣欣然，游水，鑽水，拍翅子，「鴨鴨」的叫。

現在又從夏末交了冬初，而愛羅先珂君還是絕無消息，不知道究竟在那裡了。

只有四個鴨，卻還在沙漠上「鴨鴨」的叫。

一九二二年十月

注釋

①本篇最初發表於一九二二年十二月上海《婦女雜誌》第八卷第十二號。

②**愛羅先珂**（B.R.Epomehko, 1889-1952）　俄國詩人和童話作家。童年時因病雙目失明。曾先後到過日本、泰國、緬甸、印度。一九二一年在日本因參加「五一」遊行被驅逐出境，後輾轉來到我國。一九二二年從上海到北京，曾在北京大學、北京世界語專門學校任教。一九二三年回國。他用世界語和日本語寫作，魯迅曾譯過他的作品《桃色的雲》、《愛羅先珂童話集》等。

③**「入芝蘭之室，久而不聞其香」**　語見《孔子家語·六本》。

④**《小雞的悲劇》**　童話。魯迅於一九二二年譯出，發表於同年九月上海《婦女雜誌》第八卷第九號，後收入《愛羅先珂童話集》。

⑤「俄羅斯母親」俄羅斯人民對其祖國的愛稱。

社戲①

我在倒數上去的二十年中，只看過兩回中國戲，前十年是絕不看，因為沒有看戲的意思和機會，那兩回全在後十年，然而都沒有看出什麼來就走了。

第一回是民國元年我初到北京的時候，當時一個朋友對我說，北京戲最好，你不去見見世面麼？我想，看戲是有味的，而況在北京呢。於是都興致勃勃的跑到什麼園，戲文已經開場了，在外面也早聽到鼕鼕地響。我們挨進門，幾個紅的綠的在我的眼前一閃爍，便又看見戲台下滿是許多頭，再定神四面看，卻見中間也還有幾個空座，擠過去要坐時，又有人對我發議論，我因為耳朵已經喤喤的響著了，用了心，才聽到他是說「有人，不行！」

我們退到後面，一個辮子很光的卻來領我們到了側面，指出一個地位來。這所謂地位者，原來是一條長凳，然而他那坐板比我的上腿要狹到四分之三，他的腳比我的下腿要長過三分之二。我先是沒有爬上去的勇氣，接著便聯想到私刑拷打的刑具，不由的毛骨悚然的走出了。

走了許多路，忽聽得我的朋友的聲音道，「究竟怎的？」我回過臉去，原來他也被我帶出來了。他很詫異的說，「怎麼總是走，不答應？」我說，「朋友，對不起，我耳朵只在鼕鼕喤喤的響，並沒有聽到你的話。」

後來我每一想到，便很以為奇怪，似乎這戲太不好，——否則便是我近來在戲台下不適於生存了。

第二回忘記了那一年，總之是募集湖北水災捐而譚叫天②還沒有死。捐法是兩元錢買一張戲票，可以到第一舞台去看戲，扮演的多是名角，其一就是小叫天。我買了一張票，本是對於勸募人聊以塞責的，然而似乎又有好事家乘機對我說了些叫天不可不看的大法要了。我於是忘了前幾年的鼕鼕喤喤之災，竟到第一舞台去了，但大約一半也因爲重價購來的寶票，總得使用了才舒服。我打聽得叫天出台是遲的，而第一舞台卻是新式構造，用不著爭座位，便放了心，延宕到九點鐘才出去，誰料照例，人都滿了，連立足也難，我只得擠在遠處的人叢中看一個老旦在台上唱。那老旦嘴邊插著兩個點火的紙捻子，旁邊有一個鬼卒，我費盡思量，才疑心他或者是目連③的母親，因爲後來又出來了一個和尚。然而我又不知道那名角是誰，就去問擠小在我的左邊的一位胖紳士。他很看不起似的斜瞥了我一眼，說道，「龔雲甫④！」我深愧淺陋而且粗疏，臉上一熱，同時腦裡也製出了絕不再問的定章，於是看小旦唱，看花旦唱，看老生唱，看不知什麼角色唱，看一大班人亂打，看兩三個人互打，從九點多到十點，從十點到十一點，從十一點到十一點半，從十一點半到十二點，——然而叫天竟還沒有來。

我向來沒有這樣忍耐的等待過什麼事物，而況這身邊的胖紳士的吁吁的喘氣，這台上的鼕鼕喤喤的敲打，紅紅綠綠的晃蕩，加之以十二點，忽而使我省悟到在這裡不適於生存了。我同時便機械的擰轉身子，用力往外只一擠，覺得背後便已滿滿的，大約那彈性的胖紳士早在我的空處胖開了他的右半身了。我後無回路，自然擠而又擠，終於出了大門。街上除了專等看客的車輛之外，幾乎沒有什麼行人了，大門口卻還有十幾個人昂著頭看戲目，別有一堆人站著並不看什麼，我想：他們大概是看散戲之後出來的女人們的，而叫天卻還沒有來……

然而夜氣很清爽，真所謂「沁人心脾」，我在北京遇著這樣的好空氣，彷彿這是第一遭了。

這一夜，就是我對於中國戲告了別的一夜，此後再沒有想到他，即使偶而經過戲園，我們也漠不相關，精神上早已一在天之南一在地之北了。

但是前幾天，我忽在無意之中看到一本日本文的書，可惜忘記了書名和著者，總之是關於中國戲的。其中有一篇，大意彷彿說，中國戲是大敲，大叫，大跳，使看客頭昏腦眩，很不適於劇場，但若在野外散漫的所在，遠遠的看起來，也自有他的風致。我當時覺著這正是說了在我意中而未曾想到的話，因爲我確記得在野外看過很好的好戲，到北京以後的連進兩回戲園去，也許還是受了那時的影響哩。可惜我不知道怎麼一來，竟將書名忘卻了。

至於我看那好戲的時候，卻實在已經是「遠哉遙遙」的了，其時恐怕我還不過十一二歲。我們魯鎭的習慣，本來是凡有出嫁的女兒，倘自己還未當家，夏間便大抵回到母家去消夏。那時我的祖母雖然還康健，但母親也已分擔了些家務，所以夏期便不能多日的歸省了，只得在掃墓完畢之後，抽空去住幾天，這時我便每年跟了我的母親住在外祖母的家裡。那地方叫平橋村，是一個離海邊不遠，極偏僻的，臨河的小村莊；住戶不滿三十家，都種田，打魚，只有一家很小的雜貨店。但在我是樂土：因為我在這裡不但得到優待，又可以免念「秩秩斯干幽幽南山」⑤了。

和我一同玩的是許多小朋友，因為有了遠客，他們也都從父母那裡得了減少工作的許可，伴我來遊戲。在小村裡，一家的客，幾乎也就是公共的。我們年紀都相仿，但論起行輩來，卻至少是叔子，有幾個還是太公，因為他們合村都同姓，是本家。然而我們是朋友，即使偶而吵鬧起來，打了太公，一村的老老小小，也絕沒有一個會想出「犯上」這兩個字來，而他們也百分之九十九不識字。

我們每天的事情大概是掘蚯蚓，掘來穿在銅絲做的小鉤上，伏在河沿上去釣蝦。蝦是水世界裡的呆子，絕不憚用了自己的兩個鉗捧著鉤尖送到嘴裡去的，所以不半天便可以釣到一大碗。這蝦照例是歸我吃的。其次便是一同去放牛，但或者因為高等動物了的緣故罷，黃牛水牛都欺生，敢於欺侮我，因此我也總不敢走近身，只好遠遠地跟著，站著。這時候，小朋友們便不再原諒我會讀「秩秩斯干」，卻全都嘲笑起來了。

至於我在那裡所第一盼望的，卻在到趙莊去看戲。趙莊是離平橋村五里的較大的村莊；平橋村太小，自己演不起戲，每年總付給趙莊多少錢，算作合做的。當時我並不想到他們為什麼年年要演戲。現在想，那或者是春賽，是社戲⑥了。

就在我十一二歲時候的這一年，這日期也看看等到了。不料這一年真可惜，在早上就叫不到船。平橋村只有一隻早出晚歸的航船是大船，絕沒有留用的道理。其餘的都是小船，不合用；央人到鄰村去問，也沒有，早都給別人定下了。外祖母很氣惱，怪家裡的人不早定，絮叨起來。母親便寬慰伊，說我們魯鎮的戲比小村裡的好得多，一年看幾回，今天就算了。只有我急得要哭，母親卻竭力的囑咐我，說萬不能裝模裝樣，怕又招外祖母生氣，又不准和別人一同去，說是怕外祖母要擔心。

總之，是完了。到下午，我的朋友都去了，戲已經開場了，我似乎聽到鑼鼓的聲音，而且知道他們在戲台下買豆漿喝。

這一天我不釣蝦，東西也少吃。母親很爲難，沒有法子想。到晚飯時候，外祖母也終於察覺了，並且說我應當不高興，他們太怠慢，是待客的禮數裡從來所沒有的。吃飯之後，看過戲的少年們也都聚攏來了，高高興興的來講戲。只有我不開口；他們都嘆息而且表同情。忽然間，一個最聰明的雙喜大悟似的提議了，他說，「大船？八叔的航船不是回來了麼？」十幾個別的少年也大悟，立刻攛掇起來，說可以坐了這航船和我一同去。我高興了。然而外祖母又怕都是孩子們，不可靠；母親又說是若叫大人一同去，他們白天全有工作，要他熬夜，是不合情理的。在這遲疑之中，雙喜可又看出底細來了，便又大聲的說道，「我寫包票！船又大；迅哥兒向來不亂跑；我們又都是識水性的！」

誠然，這十多個少年，委實沒有一個不會鳧水的，而且兩三個還是弄潮的好手。

外祖母和母親也相信，便不再駁回，都微笑了。我們立刻一哄的出了門。

我的很重的心忽而輕鬆了，身體也似乎舒展到說不出的大。一出門，便望見月下的平橋內泊著一隻白篷的航船，大家跳下船，雙喜撥前篙，阿發撥後篙，年幼的都陪我坐在艙中，較大的聚在船尾。母親送出來吩咐「要小心」的時候，我們已經點開船，在橋石上一磕，退後幾尺，即又上前出了橋。於是架起兩支櫓，一支兩人，一里一換，有說笑的，有嚷的，夾著潺潺的船頭激水的聲音，在左右都是碧綠的豆麥田地的河流中，飛一般徑向趙莊前進了。

兩岸的豆麥和河底的水草所散發出來的清香，夾雜在水氣中撲面的吹來；月色便朦朧在這水氣裡。淡黑的起伏的連山，彷彿是踴躍的鐵的獸脊似的，都遠遠地向船尾跑去了，但我卻還以爲船慢。他們換了四回手，漸望見依稀的趙莊，而且似乎聽到歌吹了，還有幾點火，料想便是戲台，但或者也許是漁火。

那聲音大概是橫笛，宛轉，悠揚，使我的心也沉靜，然而又自失起來，覺得要和他彌散在含著豆麥蘊藻之香的夜氣裡。

那火接近了，果然是漁火；我才記得先前望見的也不是趙莊。那是正對船頭的一叢松柏林，我去年也曾經去遊玩過，還看見破的石馬倒在地下，一個石羊蹲在草裡呢。過了那林，船便彎進了叉港，於是趙莊便真在眼前了。

最惹眼的是屹立在莊外臨河的空地上的一座戲台，模糊在遠處的月夜中，和空間幾乎分不出界線，我疑心畫上見過的仙境，就在這裡出現了。這時船走得更快，不多時，在台上顯出人物來，紅紅綠綠的動，近台的河裡一望烏黑的是看戲的人家的船篷。

「近台沒有什麼空了，我們遠處的看罷。」阿發說。

這時船慢了，不久就到，果然近不得台旁，大家只能下了篙，比那正對戲台的神棚還要遠。其實我們這白篷的航船，本也不願意和烏篷的船在一處，而況並沒有空地呢……

在停船的匆忙中，看見台上有一個黑的長鬍子的背上插著四張旗，捏著長槍，和一群赤膊的人正打仗。雙喜說，那就是有名的鐵頭老生，能連翻八十四個筋斗，他日裡親自數過的。

我們便都擠在船頭上看打仗，但那鐵頭老生卻又並不翻筋斗，只有幾個赤膊的人翻，翻了一陣，都進去了，接著走出一個小旦來，咿咿呀呀的唱。雙喜說，「晚上看客少，鐵頭老生也懈了，誰肯顯本領給白地看呢？」我相信這話對，因爲其時台下已經不很有人，鄉下人爲了明天的工作，熬不得夜，早都睡覺去了，疏疏朗朗的站著的不過是幾十個本村和鄰村的閑漢。烏篷船裡的那些土財主的家眷固然在，然而他們也不在乎看戲，多半是專到戲台下吃糕餅水果和瓜子的。所以簡直可以算白地。

然而我的意思卻也並不在乎看翻筋斗。我最願意看的是一個蒙了白布，兩手在頭上捧著一支棒似的蛇頭的蛇精，其次是套了黃布衣跳老虎。但是等了許多時都不見，小旦雖然進去了，立刻又出來了一個很老的小生。我有些疲倦了，託桂生買豆漿去。他去了一刻，回來說，「沒有。賣豆漿的聾子也回去了。日裡倒有，我還喝了兩碗呢。現在去舀一瓢水來給你喝罷。」

我不喝水，支撐著仍然看，也說不出見了些什麼，只覺得戲子的臉都漸漸的有些稀奇了，那五官漸不明顯，似乎融成一片的再沒有什麼高低。年紀小的幾個多打呵欠了，大的也各自管自己談話。忽而一個紅衫的小丑被綁在台柱子上，給一個花白鬍子的用馬鞭打起來了，大家才又振作精神的笑著看。在這一夜裡，我以爲這實在要算是最好的一折。

然而老旦終於出台了。老旦本來是我所最怕的東西，尤其是怕他坐下了唱。這時候，看見大家也都很掃興，才知道他們的意見是和我一致的。那老旦當初還只是踱來踱去的唱，後來竟在中間的一把交椅上坐下了。我很擔心；雙喜他們卻就破口喃喃的罵。我忍耐的等著，許多工夫，只見那老旦將手一抬，我以爲就要站起來了，不料他卻又慢慢的放下在原地方，仍舊唱。全船裡幾個人不住的吁氣，其餘的也打起呵欠來。雙喜終於熬不住了，說道，怕他會唱到天明還不完，還是我們走的好罷。大家立刻都贊成，和開船時候一樣踴躍，三四人徑奔船尾，撥了篙，點退幾丈，回轉船頭，架起櫓，罵著老旦，又向那松柏林前進了。

月還沒有落，彷彿看戲也並不很久似的，而一離趙莊，月光又顯得格外的皎潔。回望戲台在燈火光中，卻又如初來未到時候一般，又漂渺的像一座仙山樓閣，滿被紅霞罩著了。吹到耳邊來的又是橫笛，很悠揚；我疑心老旦已經進去了，但也不好意思說再回去看。

不多久，松柏林早在船後了，船行也並不慢，但周圍的黑暗只是濃，可知已經到了深夜。他們一面議論著戲子，或罵，或笑，一面加緊的搖船。這一次船頭的激水聲更其響亮了，那航船，就像一條大白魚背著一群孩子在浪花裡躥，連夜漁的幾個老漁父，也停了艇子看著喝采起來。

離平橋村還有一里模樣，船行卻慢了，搖船的都說很疲乏，因爲太用力，而且許久沒有東西吃。這回想出來的是桂生，說是羅漢豆⑦正旺相，柴火又現成，我們可以偷一點來煮吃的。大家都贊成，立刻近岸停了船；岸上的田裡，烏油油的便都是結實的羅漢豆。

「阿阿，阿發，這邊是你家的，這邊是老六一家的，我們偷那一邊的呢？」雙喜先跳下去了，在岸上說。

我們也都跳上岸。阿發一面跳，一面說道，「且慢，讓我來看一看罷，」他於是往來的摸了一回，直起身來說道，「偷我們的罷，我們的大得多呢。」一聲答應，大家便散開在阿發家的豆田裡，各摘了一大捧，抛入船艙中。雙喜以爲再多偷，倘給阿發的娘知道是要哭罵的，於是各人便到六一公公的田裡又各偷了一大捧。

我們中間幾個長年的仍然慢慢的搖著船，幾個到後艙去生火，年幼的和我都剝豆。不久豆熟了，便任憑航船浮在水面上，都圍起來用手撮著吃。吃完豆，又開船，一面洗器具，豆莢豆殼全抛在河水裡，什麼痕跡也沒有了。雙喜所慮的是用了八公公船上的鹽和柴，這老頭子很細心，一定要知道，會罵的。然而大家議論之後，歸結是不怕。他如果罵，我們便要他歸還去年在岸邊拾去的一枝枯柏樹，而且當面叫他「八癩子」。

「都回來了！那裡會錯。我原說過寫包票的！」雙喜在船頭上忽而大聲的說。

我向船頭一望，前面已經是平橋。橋腳上站著一個人，卻是我的母親，雙喜便是對伊說著話。我走出前艙去，船也就進了平橋了，停了船，我們紛紛都上岸。母親頗有些生氣，說是過了三更了，怎麼回來得這樣遲，但也就高興了，笑著邀大家去吃炒米。

大家都說已經吃了點心，又瞌睡，不如及早睡的好，各自回去了。

第二天，我晌午才起來，並沒有聽到什麼關係八公公鹽和柴事件的糾葛，下午仍然去釣蝦。

「雙喜，你們這班小鬼，昨天偷了我的豆了罷？又不肯好好的摘，踏壞了不少。」我抬頭看時，是六一公公棹著小船，賣了豆回來了，船肚裡還有剩下的一堆豆。

「是的。我們請客。我們當初還不要你的呢。你看，你把我的蝦嚇跑了！」雙喜說。

六一公公看見我，便停了楫，笑道，「請客？——這是應該的。」於是對我說，「迅哥兒，昨天的戲可好麼？」

我點一點頭，說道，「好。」

「豆可中吃呢？」

我又點一點頭，說道，「很好。」

不料六一公公竟非常感激起來，將大拇指一翹，得意的說道，「這真是大市鎮裡出來的讀過書的人才識貨！我的豆種是粒粒挑選過的，鄉下人不識好歹，還說我的豆比不上別人的呢。我今天也要送些給我們的姑奶奶嘗嘗去……」他於是打著楫子過去了。

待到母親叫我回去吃晚飯的時候，桌上便有一大碗煮熟了的羅漢豆，就是六一公公送給母親和我吃的。聽說他還對母親極口誇獎我，「小小年紀便有見識，將來一定要中狀元。姑奶奶，你的福氣是可以寫包票的了。」但我吃了豆，卻並沒有昨晚的豆那麼好。

真的，一直到現在，我實在再沒有吃到那夜似的好豆，——也不再看到那夜似的好戲了。

一九二二年十月

注釋

①本篇最初發表於一九二二年十二月上海《小說月報》第十三卷第十二號。

②**譚叫天**（1847-1917）　即譚鑫培，又稱小叫天，當時的京劇演員，擅長老生戲。

③**目連**　釋迦牟尼的弟子。據《盂蘭盆經》說，目連的母親因生前違犯佛教戒律，墮入地獄，他曾入地獄救母。《目連救母》一劇，舊時在民間很流行。

④**龔雲甫**（1862-1932）　當時的京劇演員，擅長老旦戲。

⑤「**秩秩斯干幽幽南山**」　語見《詩經．小雅．斯干》。據漢代鄭玄注：「秩秩，流行也；干，澗也；幽幽，深遠也。」

⑥**社戲**　「社」原指土地神或土地廟。在紹興，社是一種區域名稱，社戲就是社中每年所演的「年規

戲」。

⑦羅漢豆　即蠶豆。

附錄

附錄一

魯迅的短篇小說：現代化技巧

李歐梵

一九一八年五月《新青年》上發表的《狂人日記》震動了新文學界，幾乎在一夜之間就使魯迅聞名全國並登上了新文學領袖的地位。

魯迅在文學創作方面無所行動幾近十年，這次突然重整旗鼓，其直接原因是眾所周知的。如他在《吶喊・自序》中所說，他最初對新文化運動也不是很有信心，在某種程度上可以說是被動地被他的朋友錢玄同拉去做的。在日本的那次失敗造成的痛苦，長時期來並沒有消除，寂寞壓抑著他，「如大毒蛇，纏住了我的靈魂」。他試圖透過研究傳統「回到古代去」，「麻醉自己的靈魂」。寫小說的另一個原因是：他還有許多不能忘卻的親身經歷，是他寫作的源泉。

顯然，魯迅的小說並非創作於偶然衝動，而是長期苦悶和反思以後累積起來的創作力的爆發。對後來的讀者來說，魯迅小說最易識別的標誌就是感情的成熟。他發表《狂人日記》時，已經三十七歲，心理上已是個中年人，卻置身在年齡、思想都是青年的一代人的狂熱之中。和大多數「五四」早期那種過分浪漫主義、形式鬆散的作品相比，魯迅小說嚴密的結構和富有學識的反諷，在那個時代完全是「非典型」的。和他年輕的同時代人不同，魯迅在成為一個新文學創作者時，在思想上和心理上，都已承載了許多過去經驗的遺產。舊時的種種給予了他一種特殊的沉重悲愴的感情，要爲創新而奮鬥，要在一個承載著許多前人和種種陳規的文化傳統中，創造出某種新的前所未有的東西來。許多早期「五四」作家響應了文學革命的號召，魯迅是其中最自覺的實踐者。他不僅僅是喊出反傳統的口號，而是積極尋求藝術地對待這傳統，改造某些他視爲可用的，掃除另一些，又輔以外國文學的榜樣，重建自己的文學形式。他的創作確實是現代的，不僅是因爲採用了「白話」，還由於它們在觀念上、表現上都是全新的。

我著重透過中國傳統的根來尋求魯迅的「現代性」，甚至不去考慮它的西方來源，而是以他的親身經歷爲依據的。値得注意的是：當魯迅作爲一位現代作家從事創作時，他同時也在教授中國傳統文學。從一九二〇年起，他就在北京大學、北師大、女師大執教，其後又南下到廈門、廣州的大學任課。直到一九二八年到上海後才成爲專業作家。學術工作的背景和側面不僅賦予他的作品學識的廣度（**他的許多雜文都是證明**），也標誌著他和露骨的西方傾向作家如徐志摩等大有區別——後者更直接地依賴西方榜樣，作品中不可避免地有許多「洋」味。正是在這意義上，魯迅才是一位更自覺的「中國現代作家」。只有他的散文詩集《野草》表現與西方文學的某種接近，這一點我將在後面再談。

爲方便計，我想按體裁（**小說、散文詩、雜文**）來論魯迅的創作。魯迅自己也是這樣分別編集的，雖然並不是硬性強調體裁的區別。本章將論魯迅的小說，這是他在文學創作上最先引人注目的體裁。

一、魯迅小說的魅力

爲了探究魯迅作爲創造性藝術家的「現代性」，研究者面臨的第一個問題是：爲什麼他寫的首先是短篇小說？這可以簡單地解釋爲受外國文學的影響，因爲《域外小說集》的內容主要地就是短篇小說。這種形式比較短，便於理解也便於翻譯。

値得注意的是周氏兄弟當時翻譯都是用文言，而不是在晚清已經相當流行的白話。魯迅受章太炎的影響，在這方面尤其突出。如果我們將這種取自西方的文學形式放在中國傳統文學的背景上看，還可以看出，魯迅寫短篇小說也有直接的傳統體裁的淵源。如前所述，魯迅在學術上興趣是偏重於唐代及其以前的傳奇、志怪等（都是短篇），在這類作品中他發現一片神話領域，既富於想像，藝術上也不受儒家正統道德的約束。它們被套上的「韁繩」比在明清白話小說中要鬆緩一些，可以任憑想像力奔馳，在文言形式中展開了一個想像的世界。這種文言小說最先打動魯迅的創新感的，或許就在它是自由與簡練的結合，它向魯迅挑戰，要在壓縮的形式中作出豐富的創造。

如果說在唐和唐代以前的文學中，小說和散文的風格是密切相關的，那麼，在魯迅的作品中也是如此。在「五四」反傳統背景中，小說寫作本身就可說是一種思想上的叛逆行爲，它反對那種重詩文輕小說的文人傳統主流。但是從魯迅的內在因素看，由於在訓練和愛好上接受了中國古典的遺產，他又顯示出某種文人傳統。簡單地說，魯迅的小說最初還留有「文章」的古典風格，他在寫小說以前就已非常熟悉高雅的文字，早期習作就是古文古詩。因此，當他轉而寫作現代小說時，很自然地，就必須作創造性的一躍，就是說，從「文章」的基礎躍向受西方啓示的小說（Western-inspired short story）。

說明他從「文章」到小說的一個例子是《懷舊》。這篇小說，普實克（Jaroslav Prusek）曾譽之爲中國現代小說之先驅。它初看有些像文章，卻既虛構地敘述了一個故事，又表現了這個故事是怎樣回憶起來的。敘述的口氣是貶低的而不像一般「文章」那樣是抬高的。魯迅似乎是故意調侃應試「文章」中那種道德氣，在這裏用一個孩子的口氣來敘述，這孩子既是他的虛構也是他的過去。他敘述這孩子跟著塾師讀書和聽講「長毛」故事的體驗。爲了捕捉住一個孩子的好奇感和歡樂感，魯迅對許多形式作了強調甚至扭曲的「遊戲」，既反映了孩子的精神視象，也反映了一種突出的擺脫陳規而創新的描寫技巧。如說門外青桐每年結實多如「繁星」，其葉之大「如人舒其掌」。在寫到這個孩子不勝厭倦地聽他的塾師講解《論語》時，那形象的描寫更是妙趣橫生：

> ……余都不之解，字為鼻影所遮，余亦不之見，但見《論語》之上，載先生禿頭，燦然有光，可照我面目；特頗模糊臃腫，遠不如後圃古池之明晰耳。

（卷七，第二一六頁）

魯迅由此成功地把古文的枯燥形式轉化成了高度主觀性的小說。正是這種改造使這篇先行性的篇章具有如此的魅力。刊載這篇小說的《小說月報》的編者曾附有幾句很有眼光的評論，認爲這篇新鮮的作品對當時一些「才能握管，便講詞章」的青年作者的浮泛文風來說，是很可以「藥之」的。

二、《狂人日記》的吶喊

魯迅的短篇小說目前已被普遍認爲是「五四」小說的經典，分析它們的一種方法，是看作者如何透過轉化並超越中國傳統的影響，在形式和內容兩方面注入某些新的東西，同時有意識地借鑑西方文學。從這方面看，堪稱第一部重要的中國現代短篇小說的《狂人日記》就具有巨大的意義。這篇小說之所以是「現代」的，主要是因爲說故事的那種新的方式。魯迅在此所做的試驗比《懷舊》更徹底。

小說的主體是十三段日記，泛泛讀來，每段都像是一篇古文，合在一起，卻講述了一個緊張心理的故事，甚至超過了魯迅據以倣作的果戈里的同名原作。當然，日記形式在中國傳統文學中並不是什麼新東西，根源在明代的遊記和歷代筆記中都可以找到。魯迅卻用一種極端的主觀性更新了這種形式，這是前所未有的。它記錄了一個被指爲狂人的人，在日益加深的迫害狂痛苦中的許多胡言亂語。日記前面還有一篇由暗含的作者寫的僞托的「序」，用正規文言，價值觀完全合乎舊習，和日記的價值觀恰恰相反。「序」在挑起讀者想知道狂人是誰的同時，也使他們對這日記內容之奇有所準備。虛構的效果就由這小小的聰明設計創造出來，它同時也是對傳統「序」這種形式的陳言濫調的嘲弄。由於將一種文本（日記）套在另一種文本（序）的框架中而產生的虛構的反諷，不僅給主人翁痛苦心理的描寫增加了主觀性的廣度，而且，由於狂人的聲音可能被認爲也就是作者內心聲音的藝術表現，這「序」也就發揮了把作者的精神和讀者拉開距離的作用。看來，魯迅在創造這樣一種虛構的文本來「保護」後來那些零亂的心理的「次文本」時，並不真正期望他同時代的讀者能夠接受，它那藝術的超越現實主義的許多方面和整篇小說的複雜內容，當然也是不易爲當時讀者所接受的。

這篇日記的中心思想現在已爲人們所熟知了，就是說：四千年的中國歷史只是一種吃人的文化。狂人這種大膽的詛咒和「五四」時代反傳統的思想立場當然是一致的。當時「禮教吃人」的批評已經流行，魯迅把這一口號在小說中引伸爲隱喻，可說是忠實地履行了如他自己所說的「服從將令」的「吶喊」任務。

但是魯迅的思想顯然更複雜，主要是想對中國的文化遺產藝術地展開一種「反面觀」。動機可能和《故事新編》相似，不過表現得更明顯。可以說《狂人日記》是魯迅激進認識論的第一次表現，是某種有意識的對價值觀的倒轉：在官方正史上曾被認爲是文明的實際上是野蠻，曾被輕視或忽視的卻證明有著永恆的價值。狂人按社會舊習看是個神經不健全的人，正如魏晉時的嵇康等竹林七賢一樣，被「名教」的維護者視爲「狂」，視爲不道德。魯迅的意思似乎是要指出：在兩種不同的傳統中，那些和社會疏遠的異議分子（**也是預言者**）的命運是注定了要失敗的。這些人情況不同地超前於他們的時代，想爲人民服務，卻必然會被人民誤解和迫害。這是魯迅一系列作品中多次出現的寓意和主題。

因此，魯迅對狂人的描寫承載著思想的意義。狂人並不像現實中的偏執狂病人，他被描寫成因不斷尖銳地觀察現實而痛苦的人。反覆出現的月亮形象有雙重的象徵意義：既是瘋狂的（**按照西方的解釋**），又是明亮清澈的（**按照中國的語源學**）。就這樣，實際上是狂人日益增加的瘋狂程度提供了一種反常認識過程的基礎，使他最終明白了他的社會和文化的實質。這過程始於感知：狗和鄰人的可疑眼光，路人和村子裏來人的種種傳聞和議論。當狂人向那些普通的現實提出疑問後，感知很快就走向懷疑和內省。疑問又刺激他去讀書，從自己直接接觸到的周圍現實轉向中國的歷史。狂人的日記裏多次引用「幾千年來的書」，從《左傳》到《本草綱目》，都是魯迅自己閱讀過的。

在有意識地組織起來的日記進程中，狂人很快就把眼前的事實和過去的事實交織起來，也就把「現實」和「歷史」結合了起來。當他「從字縫裏看出字來」（**這本身就是對中國文學錯綜複雜的**

反諷）的時候，終於逐漸達到「中國的歷史是吃人的歷史」這一關鍵性的認識。

還值得注意的是：日記的語言逐漸失去了現實的基礎，將描寫與象徵結合了起來。從第一節，就有人獸相混的調子，寫了趙的狗的「眼光」，到第三節，出現了「狼子村」人；第六節是最短的一節，兩行文字中的一行寫了三種獸，「獅子似的凶心，兔子的怯弱，狐狸的狡猾……」；第七節，又寫了狗、狼和海乙那三者的「親戚本家」關係，一種比一種更兇殘。似乎魯迅是在細心地建立起一個獸的領域來和人的領域相平行。現代人類學家或許會把這種聰明的人獸並列、家畜與野獸的並列解釋爲一種象徵的方法，用以評述人性中自殺和亂倫的價值觀①。根據小說中明顯的反傳統的攻擊方向，我們也可以從魯迅的獸的意象中看到孟子關於「人之異於禽獸者幾希」的反響②。但接著，魯迅又反孟子的人應當努力超過獸的原意，指出在最深的層次上，人不但有獸的本能，而且更壞，更殘酷，因爲他們竟吃自己的同類。

魯迅這篇反傳統小說是巧妙地借助了西方文學的。韓南曾指出這篇小說借鑑了安德列夫的《紅笑》，但也有區別。魯迅的獨創性在反轉了《紅笑》的視象。在《紅笑》中，兩兄弟中有一個瘋了，另一個想在瘋狂的世界裏保持清醒。小說的方法是直接的，瘋子就是瘋子。《狂人日記》裏的狂人卻並不狂，他的看法象徵著真理③。我以爲除安德列夫以外，西方作家中還有一位對這篇小說有著決定性的影響，這就是尼采，魯迅曾譯過他的《查拉圖斯特拉如是說》（Thus spoke Zarathustra）的序④。《狂人日記》所展示的真理有兩層。明顯的一層是揭示傳統中國文化的吃人主義，較深的一層是談人的進化的真正性質。在這裏，「救救孩子」的呼聲是一位中國進化論者對未來一代應當更好些的「寓意」的祈求。這是用尼采神靈顯現式的形式揭示出來的，意思是：更高的人類將會在地球上出現，但在他們到來之前，現在的有遠見的思想家只能像查拉圖斯特拉那樣的受苦，他是個孤獨的預言者，他那「瘋」的警告對那些還沒有變成真人的人們來說，是聽而不聞的，等於落到聾子的耳朵裏。狂人的日記中有尼采和達爾文的片段，如果不從上述背景來看，下面那些話就毫無意義：

……大哥，大約當初野蠻的人，都吃過一點人。後來因為心思不同，有的不吃人了，一味要好，便變了人，變了真的人。有的卻還吃，——也同蟲子一樣，有的變了魚鳥猴子，一直變到人。有的不要好，至今還是蟲子。

（卷一，第四二九頁）

你們可以改了，從真心改起，要曉得將來容不得吃人的人，活在世上。

你們要不改，自己也會吃盡。即使生得多，也會給真的人除滅了，同獵人打完狼子一樣！——同蟲子一樣！

（卷一，第四三〇—四三一頁）

在某種意義上，魯迅在這篇小說中所說的「真人」是比尼采的「超人」更有積極意義的。狂人相信現在的人在有思想力並且改好以後是可以變成「真人」的。這透露了一種林毓生曾論證過的信心，即思想的優越可以成爲社會政治變革的原動力⑤。但與此同時，狂人的話又是相當悲觀的。其中含有泛靈論象徵主義，意味著現在的世界是殘暴的，現在的人還是真人之前的人，這些人同謀以反對進化。狂人所呼籲的危機意義，正是來自他的卡桑德拉式（Cassandra-like）的警告⑥，以爲中國人由於長期累積的獸的本能，是不能變成「真人」的。他們一定會封鎖在一個吃人的存在的「惡圈」中——「自己想吃人，又怕被人吃了」——直到全部被掃除掉。

狂人故事還有個謎似的結尾。日記的最後一句是竭盡全力的呼籲：「救救孩子！」這和「五四」思想家的感情明顯一致，魯迅公開表示贊成這思想。但是小說的真正結尾並不在此，而是在剛開始時那篇僞托的「序」裏。暗含的作者宣布狂人的病已經治癒，也就取消了日記中所敘一切事的有效意義，也包括最後那句呼籲的意義。在這運用「文本套文本」的雙重結構所作的樂觀與悲觀的雙重處理中，魯迅顯示出高度反諷意味。我認爲這是這位現代作家天才的決定性的特色。

注釋

①見China Report（印度・德里）一九八二年三、四月／五、六月魯迅特輯，第八七至一〇二頁，Patrica

Uberoi，《狗、狼、海乙那——〈狂人日記〉的反映》。

②在第九節，狂人曾扭曲地提到儒家五倫關係中的「父子兄弟夫婦朋友」，再加上「師生」、「仇敵」和「各不相識的人」，歸結爲同謀戕害他生命的一夥。我們還可以從狂人的遭遇中區別出和儒家思路相反的方向：儒家的思路是從自身到家庭再到社會，即國和天下；狂人是從外部開始，最先是對社會（鄰居）懷疑，然後到自己的家庭成員，最後反省自己。

③韓南：《魯迅小說的技巧》。

④魯迅本人在《中國新文學大系小說二集》序中實際上也談到了尼采對這篇小說的影響。見《全集》，卷六，第二三八至二三九頁。

⑤林毓生：《中國意識的危機》，第二六至二七頁。

⑥卡桑多拉（Cassandra），荷馬史詩中特洛伊（Troy）王Priam之女，能預知禍事。——譯者

附錄二

魯迅的短篇小說：「獨異個人」和「庸眾」

李歐梵

《狂人日記》發表數月以後，在《隨感錄三十八》上，有一段很能說明魯迅思想的話：

中國人向來有點自大。——只可惜沒有「個人的自大」，都是「合群的愛國的自大」。這便是文化競爭失敗之後，不能再見振拔改進的原因。

（卷一，第三一一頁）

按照魯迅自己的解釋，這種「個人的自大」，「就是獨異，是對庸眾宣戰」。「獨異」的人大抵有「幾分天才，幾分狂氣」。

他們必定自己覺得思想見識高出庸眾之上，又為庸眾所不懂，所以憤世嫉俗，漸漸變成厭世家，或「國民之敵」。但一切新思想，多從他們出來，政治上宗教上道德上的改革，也從他們發端。

至於「合群的愛國的自大」則相反，「是黨同伐異，是對少數的天才宣戰」。

他們自己毫無才能，可以誇示於人，所以把這國拿來做個影子；他們把國裏的習慣制度抬得很高，讚美的了不得；他們的國粹，既然這樣有榮光，他們自然也有榮光了！倘若遇見攻擊，他們也不必自去應戰，因為這種蹲在影子裏張目搖舌的人，數目極多，只須用mob的長技，一陣亂噪，便可制勝。

（同上）

人們可以從這一段話裏讀出對讚美「國粹」的保守思想的批評，但是在這裏還不僅是流行於「五四」時期的一般反傳統思想，即把「獨異個人」和「庸眾」並置。值得注意的是，中國人說「眾」，往往稱「群眾」，當然有革命的含義。魯迅這裏說的卻是「庸眾」，抽象地或具體地說，都不是革命的①。

這一哲學思想也見於魯迅的小說，是他小說原型形態之一。事實上，「獨異個人」和「庸眾」正是魯迅小說中經常出現的兩種形象。我們完全可以為他們建立一個「譜系」（genealogy），從而尋找出在魯迅小說敘述表層下面的「內在內容」。這樣讀出的作品意義雖然有異於人們常作的對魯迅小說的肯定，卻可能更真實地表現出作為創造性的作家魯迅特點的某些側面。

一、清醒者的孤獨

要認識魯迅將「獨異個人」與「庸眾」並置的這一原型形態，必須上溯到他一九〇七年的一些著作。在《摩羅詩力說》裏，魯迅歌頌了一批西方的「精神界之戰士」，他們以孤獨的個人的身分，與社會上的陳腐庸俗作鬥爭，並在這鬥爭中證明自己的聲音是形成歷史的先覺的聲音。在《文化偏至論》中，魯迅提出要以反「物質」和「眾數」來推動「文化偏至」的鐘擺，那些推動者也正是少數孤獨的「精神界之戰士」。這些文章的中心主題是強調這些獨異個人的預兆的重要性，以及他們反對舊習的知識的力量。其中閃耀著魯迅青年時期的理想主義，它給西方歷史的這一方面投上了積極的光彩。魯迅相信他所說的這些獨異個人有力量把歷史拉向自己這一方，並且事實上已經勝利地改變了歷史的行程。或許魯迅自己也想效法這些人，透過文學活動讓中國讀者聽到與拜倫、雪萊、普希金、裴多斐等人相似的聲音，引起改革的思想。

《狂人日記》中的「狂人」，是魯迅小說中「摩羅詩人」們的第一個直接後代。但是故事講述的方式卻使我們難於肯定這位叛逆者和「精神界之戰士」的思想見解可能被他的聽眾所接受，因為在小說中它是只被視為精神病人的狂亂囈語的。「狂人」的見解越是卓越超群，在別人的眼中便越是顯得狂亂，他從而也越是遭到冷遇並被迫害所包圍。因此，「狂人」批判意識的才能，並不能使自己真正從吃人主義的庸眾掌握中解放出來；相反，只是使他在明白了自己也曾參加吃人、現在又將輪到自己被吃以後而更加痛苦。這篇小說外在的意義是思想必須啓蒙，但結論卻是悲劇性的，這結論就是：個人越是清醒，他的行動和言論越是會受限制，他也越是不能對庸眾施加影響來改變他們的思想。事實上，「狂人」的清醒反而成了對他存在的詛咒，注定他要處於一種被疏遠的狀態中，被那些他想轉變其思想的人們所拒絕。

這篇小說主要的篇幅是「狂人」的日記，但前面還有一則引言，說明這位「狂人」現在已經治癒了他的狂病並且赴某地「候補」去了。這就說明他已經回到了「正常」狀態，也已經失去了原來那種獨特的思想家的清醒。引言中既由暗含的作者提供了這種「團圓結局」，事實上也就指出了另一個暗含的主題，即「失敗」。「日記」的最後一句「救救孩子」是試圖走出這個死胡同的一條路，但是這一呼籲是由病中的「狂人」發出的，現在這人既已治癒，就連這句話的力量也減弱了。這本身就是一個複雜的反諷。小說的真正結尾其實並不是「救救孩子」，而在那後面的向讀者表示不完全之意的幾個虛點——「……」。

在《藥》裏，「獨異個人」的主題更是小說的內核。從華老栓在神秘的暗夜中買饅頭開始，到天亮後茶館開門、茶客們進館喝茶閒談，直到康大叔走進茶館點出華老栓買的是蘸了剛被處死的革命者之血的饅頭，是用來給小栓治癆病的時候爲止，在小說前臺活動的都是「庸眾」；那孤獨的烈士則始終被置於後臺。他的痛苦是人們所不知道的，只能從康大叔的三言兩語中加以推測。但小說的敘述卻加強了烈士和人民（他為他們犧牲了生命）之間隔絕不通的關係的反諷意義。甚至他對虐待者表示憐憫和原諒的話，也不能被人們所理解，被認爲「簡直是發了瘋」。或許人們認爲他連「狂人」也不如。

這篇小說還有另一層悲劇意義：烈士被庸眾所疏遠和虐待，成爲孤獨者；但這孤獨者卻只能從拯救庸眾、甚至爲他們犧牲中，才能獲得自己生存的意義，而他得到的回報，又只能是被他想拯救的那些人們關進監獄、剝奪權利、毆打甚至殺戮。他們看著他死去，然後賣他的血和買他的血去「治病」。

如果說這兩篇小說中的孤獨者體現的是魯迅所說的「個人的自大」，那麼，那些疏遠孤獨者並爲孤獨者所疏遠的人們體現的就是「合群的自大」。這是深植於魯迅之心，對他國人的雙重情緒的藝術表現。在一九三二年的一次講演中，魯迅還有一段對中國群眾的描寫：

> 群眾，——尤其是中國的，——永遠是戲劇的看客。犧牲上場，如果顯得慷慨，他們就看了悲壯劇；如果顯得觳觫，他們就看了滑稽劇。北京的羊肉鋪前常有幾個人張著嘴看剝羊，彷彿頗愉快，人們的犧牲能給與他們的益處，也不過如此。而況事後走不幾步，他們並這一點愉快也就忘卻了。

對於這樣的群眾沒有法，只好使他們無戲可看倒是療救，……

（卷一，第一六三頁）

這段話表現了魯迅對群眾行爲的描寫中某些常見的特點：這些群眾往往是些鬆散地聚集起來的「看客」，他們需要一個犧牲者作爲娛樂的中心，這很自然地使我們聯想起了那張著名的幻燈片。這些「看客」不僅是消極被動的，而且有著殘暴的惡癖。這段話裏所寫的人們「看剝羊」時的那種關注的神態就暗示了這一點。

二、諷刺小說與《阿Q正傳》

魯迅小說裏被「看」的犧牲者有兩種，一種就是上述的「獨異個人」，另一種卻是庸眾中之一員。這人由於某種情況被置於舞臺中心，處於與其他庸眾相對立的孤獨者地位。作者似乎是以此來探測庸眾的反應。在寫這兩類孤獨者與庸眾的關係時，魯迅的態度有所不同，在寫前一種時，距離較短而有更多的抒情性，這些作品除極少數外，往往寫於他本人的情緒處於低潮時；在寫後一種時，他著重表現庸眾，常用他的敘述技巧來造成反諷的距離。

孔乙己就是一個庸眾中之一員的犧牲者。他和「狂人」正相反。「狂人」思想超前於現實，孔乙己卻落後於現實。他實際上已被拋進了下等人之中，卻還自以爲是長衫階層的上等人。長衫的上等人又揶揄嘲弄他。甚至在他被打斷了腿只能在地下爬行時，也還得不到同情，因爲庸眾正是以他的痛苦爲代價來取樂的。在小說結束時，敘述者說到酒店掌櫃已好久不提孔乙己的欠賬時，這個酒店小夥計可能已經長大了，但他也只說了一句：「我到現在終於沒有見——大約孔乙己的確死了。」語氣是那麼平淡麻木，毫無同情。這既說明孔乙己的徹底失敗，又說明敘述者的不覺悟狀態。作爲正在回憶一個受害者的成年人，他仍然只是庸眾中之一員。

《明天》的女主人翁單四嫂子是另一例。她是個粗笨女人，是眾眾中的一員。在她死去了唯一的兒子後，似乎成了鎮上人們關心的對象，所遇見的人也都多少給了些幫助（**藍皮阿五當然也還有性感的因素在內**），但是他們的言語和行爲也只是更加深了她的孤獨。但是在埋葬寶兒時，她因過於悲痛，不肯死心塌地蓋上棺木，鄰居們就「等得不耐煩，氣憤憤地跑上前，一把拖開她」。小說中把單四嫂子的家和咸亨酒店這兩座僅有的「深更半夜沒有睡」的房子相並置，寫了這一邊的單四嫂子的思想和那一邊的酒客們的表現。由此可以看到：單四嫂子的不幸實際上已把她在群眾中孤立起來了，並沒有人真正關心她。

庸眾中的成員之一被他的同類迫害成爲孤獨者的主題在《祝福》中達到高峰。主人翁祥林嫂是單四嫂子更豐富的發展。她也是個寡婦，而且是兩次嫁人又守寡，「敗壞了風俗」，所以是雙重的不祥之人。她也死了兒子，而且死得更慘。對於一個普通農村婦女來說，這不幸本來已經夠沉重的了，但社會還要因這不幸而附加給她更多的痛苦，使她在迫害中一步步走向死亡。

小說中細緻描繪的情節很清楚地說明了祥林嫂之被排斥是來自全鎮的人，既有上層階級的士紳，也有普通群眾。在她述說兒子慘死的不幸時，人們最初的反應似乎是同情，但他們的同情之淚和咸亨酒店中對孔乙己的嘲笑並沒有什麼不同，都是以別人的痛苦爲代價來求得自己廉價的宣洩。而且，魯迅以圓熟的技巧顯示出，雖然孩子死得很慘，聽眾們在多次重複以後也變得厭倦了（雖然在小說中這個故事只重複了兩次）。他們的視線於是又轉向另一件令人感興趣的東西，那就是她頭上的傷疤，因爲這傷疤是她不能守節到底，最後還是屈從了第二個丈夫肉慾要求的證明。於是，人們用譏諷和戲弄代替了憐憫。再加上迷信死後要被閻王鋸開身子分給兩個丈夫的恐懼；還加上雖然捐了門檻讓萬人踐踏仍不能贖罪的感覺。就這樣，祥林嫂在眾人的排斥和踐踏下徹底孤立，終於死去了。恰恰死在新年，成了「祝福」的第一個祭品。

祥林嫂可能是魯迅小說中最不幸的一個孤獨者，但她並不具有魯迅所說「個人的自大」。她沒有獨見，受迫害卻並不真知迫害她的群眾之殘酷。她一再回到那個冷遇她的鎮子裏，既是因爲無處可去，無以爲生，也是因爲她希望成爲群眾中之一員。直到她已失去一切，並被逼迫到近於瘋狂時，才開始想尋求當前現實以外的精神上的安慰。她向「我」提出的問題雖然是從迷信出發的，卻有一種奇怪的思想深度的音響，因爲這是以和作爲知識者的「我」的對話形式出現的：

「一個人死了以後，究竟有沒有靈魂的？」

「也許有罷，——我想。」我於是吞吞吐吐的說。

「那麼，也就有地獄了？」

「啊，地獄？」我很吃驚，只得支唔著，「地獄？——論理，就該也有。——然而也未必，……誰來管這等事……。」

「那麼，死掉的一家的人，都能見面的？」

祥林嫂的問題是從她想和死去的兒子重聚而激發出來的。儘管如此，仍然和「我」模稜的、空洞的回答形成驚人的對比，因爲作爲知識者的「我」本是更有可能去思索生死的意義的。小說在集中注意於祥林嫂的痛苦的同時，也反映了作爲知識者的敘述者的致命弱點，寫他不帶感情也不願深思。這位知識者奇怪地處在和其他小說相反的地位。他與庸眾並無區別，也是一個消極的「看客」。

《祝福》是魯迅小說中最強烈的悲劇描寫的作品之一。他的另一些諷刺小說卻比較溫和、輕鬆和富喜劇性。這類小說中沒有造成孤獨者和群眾緊張相遇的場景，卻圍繞一個人物或一批人物構建情節，從而顯示他們可笑的特色，當然，其中仍有反諷的鋒芒。這類小說中往往不存在任何與故事有關或無關的敘述者，只有一個採取外在的觀察者視角的暗含的作者。這樣，小說中那些好奇的

「看客」本身，也就在被這暗含的作者所「看」。《風波》和《離婚》都是典型的例子。在《風波》裏，在謠傳清廷即將復辟的背景下，沒有辮子的航船七斤和他因恐懼而爭吵的一家被放在場景中心，從村人們的種種反應中顯示了他們的特色，總而言之就是愚昧無知。

《離婚》可能是《風波》基礎上的發展。這裏有一位更成熟了的七斤，叫做「七大人」，他出來干涉一個村婦的離婚糾紛。

離婚的當事人愛姑被放在場景的中心。似乎魯迅是想用一個與所有在場的人對立的人物來看那些庸眾的反映。因此愛姑又是一個反映者，用她的純樸無知襯托那些在場的大人物們的裝腔作勢和僞善。

可以歸入這一類的諷刺小說還有《肥皂》、《幸福的家庭》和《高老夫子》。這些小說的中心人物較少純樸，但是比愛姑更可笑。在運用了韓南所說的「用似乎是抬高的手法而貶低人物」的技巧②，魯迅表現了這些人物的虛僞與愚蠢。例如：《肥皂》中那個僞善者對一位貧女奇怪的關注；《幸福的家庭》中那位想做作家的人愚蠢的小說構思；《高老夫子》中那位女校老師的妄擺花架子。但是，這些人雖是小說敘述結構中的中心人物，卻完全沒有真正的意識，迥異於魯迅所說的「獨異個人」。他們甚至根本不知道自己的缺點，也不願承認它。例如四銘，他就並不明白自己突然想到要買一塊肥皂的真實動機。這裏也反映了庸眾在自我反映上的無能。

作爲庸眾中之一員的孤獨者與庸眾對立的這種原型形態，在《阿Q正傳》中得到最成熟的處理，也可說是一次思想上的總結。

阿Q當然不是一個隨意地、偶然地寫出的農村人。據《〈阿Q正傳〉的成因》，魯迅在寫這篇作品的前幾年，心裏就已經有了這個人物的影像。在小說前面，也如《狂人日記》一樣，有一篇精心寫的引言，暗含的作者不厭其煩地在其中說明他爲什麼不能確定阿Q的姓，又爲什麼也不能確定他的名字等等。又據周作人說：Q字像是一個無特點的臉後面加一根小辮，這正是魯迅用這個字來命名的用意。由此可見，從文義和字形兩方面，阿Q都是一個中國農村中的「普通一人」，是魯迅當做國民性代表的一個複合人物，也是魯迅創造的人物中最缺乏思維能力的「典型」。

小說的反諷結構很像是對顯克維支的《炭畫》和《巴特克的勝利》的模倣，因爲它是對中國舊式傳統傳記的嘲笑。在一篇長序以後，透過正文的五個章節中所寫的許多生活瑣事表現出阿Q的複合性格，而這些事都不夠作者所謂入傳「行狀」的資格，無非是吃、住、幹活、性慾等動物本能，也就是他生存在這他並不瞭解的環境中的生活方式。由此而表現出的阿Q的性格，正如許多研究者所指出的是：怯懦、貪心、無知、無骨氣、騎牆、欺弱怕強，以及著名的「精神勝利法」③。

很清楚，阿Q也就是魯迅所看到的那個幻燈片中被殺者的肉身，是一個沒有內心自我的身體，一個概括的庸眾的形象。他的靈魂恰恰就是缺少靈魂，缺少自我意識。作者選擇了這個小人物的無意義的生活，納入一個滑稽的史詩結構，在最後四章更將他投入革命的騷動中，並必然地成了這騷動的犧牲品。在「大團圓」一章裏，寫到阿Q作爲一個孤獨的受害者被一群興高采烈嘻笑著的庸眾圍觀時，有一剎那，腦子裏忽然像旋風似的迴旋著真正的「思想」了，他對那些「又鈍又鋒利」、「連成一氣，已經在那裏咬他的靈魂」的眼睛感到害怕了。他想喊「救命」，這是「狂人」對吃人社會的吶喊在阿Q耳中微弱的反響。但是已經太遲了，阿Q終於沒有喊出聲來，在他開始可能明白自己是庸眾的犧牲祭品時，他已被槍斃了。

魯迅有一次曾說他之所以槍斃了阿Q是因爲應付報紙的連載已經厭倦了。這或許是戲言。像魯迅這樣有心的藝術家是不會把一個在心中醞釀了很久的小說隨意地斷然結束的。他這樣做，肯定是經過了細心的安排。一方面是以此諷刺傳統小說中的「大團圓」結局的俗套，另方面，也爲了戲劇化地傳達出自己的思想。從較明顯的層次看，小說回答了他早在日本就提出了的問題：中國國民性中最缺乏的是什麼？阿Q消極方面的特點綜合起來是「奴隸性」。據許壽裳說，魯迅認爲這是來自中國人曾兩次被野蠻的異族（元代和清代）所奴役和迫害。許壽裳的回憶中還說，這種奴隸性缺少兩種根本的道德因素：誠和愛。但這篇小說對庸眾的象徵的表現卻似乎更深刻。阿Q的命運似乎說明：這在歷史上被奴役被迫害的中國群眾，也是非常善於奴役和迫害自己的同類的。

我在這裏對《阿Q正傳》說得比較多，不僅因爲它是魯迅小說中篇幅最長的，也因爲它標誌著魯迅用小說探索國民性的某種結束。在這次概括性的處理以後，魯迅在其他小說中便只選取國民性中的某一、二點來諷刺，如《肥皂》、《高老夫子》和《離婚》。只是最後，在最獨特的一篇《示眾》中，才有了又一次的對庸眾「看客」的集體描寫。《示眾》幾乎是《阿Q正傳》中示眾場面的重複，只是寫得更細緻。或許是因爲這時魯迅對自己技巧的圓熟已經更有把握，特地要向自己挑戰並超越自己。《示眾》完全捨棄了情節和心理分析，寫的只是外部的表面現象，是魯迅「白描」技巧的光輝典範。「看客」形形色色，有小販、學生、懷抱嬰兒的女人、兒童、員警，各以自己的怪異形象被攝入特寫鏡頭。有意的表面形象的描寫恰恰反映了這些人內心的空虛。他們似乎並不注意那示眾的犯人究竟犯了什麼罪，卻只是在「觀景」。當他們再看不見會有什麼新鮮事發生時，就失去興趣，走開去看一個跌了一跤的洋車夫去了。這是對中國庸眾的典型敘述，它再次使我們回想起魯迅著名的關於庸眾觀看剝羊的比喻。

三、傷感的厭世者

當小說中的孤獨者不是庸眾中之一員而是真正的「獨異個人」時，情況就不同了。魯迅的這些小說較少用反諷的、造成距離的技巧，卻加入了較多的抒情。在寫「個人」與「庸眾」之間的關係時，在《吶喊》和《彷徨》中似乎也有區別。在《吶喊》中，往往是將兩者並置創造出一種戲劇性的緊張局面，《彷徨》中雖然也還有這種情況，卻更多是分別地探尋那孤獨者的命運和庸眾的行爲。小說中對孤獨者的態度也是有變化的。早期作品中那尖銳的、挑戰的狂人和烈士逐漸爲痛苦的憤世者、中年的往事追憶者、以及失去了往昔的自信、失望而傷感的厭世者所替代。這些不同的畫像似乎反映了他的情緒，從「吶喊」日益走向了「彷徨」。

「獨異個人」變化的跡象在一九二〇年寫的《頭髮的故事》裏就已初見端倪了。這篇小說發表於一九二〇年的「雙十節」。這個紀念辛亥革命的「國慶日」似乎只是引起魯迅的極端反感，他把對國民黨的厭惡從雜文移到小說中來了。小說讀來也很像雜文，只不過用了一種未進入故事的敘述者來轉達主人翁「獨白」的小說形式。小說的主人翁N先生看來是一位倖存的革命知識分子④，《藥》中烈士的同時代人。但是在所謂「國慶」的節日裏，他的感想已不是重新肯定當年的革命理想，相反地卻透露出複雜的失望。事實上，N先生已經失去了「狂人」那種向現實抗議和向人們提出警告的熱情，變成了一個上了年紀的憤世者了。在他長篇議論的最後，他竟「越說越離奇」，引用阿志巴綏夫的話向人們提問：「你們將黃金時代的出現預約給這些人們的子孫了，但有什麼給這些人們自己呢？」這話，和「狂人」最後呼籲的態度正相反，N先生是一位向過去的告別者，他不相信任何對於未來的許諾。

在N先生身上使人還能感到的熱情只是對那些已經死去的先驅（**較早一代的孤獨者**）的懷念。但那是怎樣的懷念啊：「他們都在社會的冷笑惡罵迫害傾陷裏過了一生；現在他們的墳墓也早在忘卻裏漸漸平塌下去了。我不堪紀念這些事。」這確已不是「紀念」，而是對往日所作的努力無效的悼詞了——這正是一切憤世者的特徵。讀了這些話，我們會自然地想起《藥》中所描寫的烈士之墳，不僅墳上的花環早已不在，就是那墳本身大約也「早在忘卻裏漸漸地平塌下去了」吧。我們也會想起魯迅在《吶喊·自序》裏所說的：「所謂回憶者，雖說可以使人歡欣，有時也不免使人寂寞。」在他那些用抒情的調子和回憶方式所作的對孤獨者的描繪中，便透露出這種牽縈著他心的沉重的寂寞。

這類小說共有三篇：《故鄉》、《在酒樓上》和《孤獨者》，都是寫敘述者回到家鄉，遇見故人觸發回憶的。那種懷舊的、往往是痛苦的、關於敘述者和主人公共有的對過去回憶的傾訴，是這幾篇小說情節的中心。

在《故鄉》裏，敘述者遇到的故人是兒時的玩伴閏土。記憶中的這個閏土是個天神一樣的小英雄，曾將兒時的敘述者引進一個非常簡樸明淨的農村生活的歡樂之中。一提閏土的名字，敘述者腦中立刻閃出一幅神奇的圖畫：那深藍色的天空，金黃的圓月，一望無際的碧綠的海邊瓜地，以及那個項帶銀圈手捏鋼叉，「向一匹猹盡力刺去」的少年閏土本身。這樣神美的田園風光，是魯迅所有對往事的描寫中最誘人想像的了。但是，當現實的、已經成人的閏土一出現，色彩鮮明的幻景就立即被打成碎片，轉爲暗淡的現實了。記憶中的小英雄變成了呆鈍的人、農村環境的受害者、典型的庸眾中之一員。這現象似乎是在冷靜地提醒：和現實相對的往昔不過是一種幻覺。敘述者的疏遠感不僅來自自己和閏土的社會地位不同，也來自時間和記憶的反諷。環境或許並沒有多少改變，改變了的其實是敘述者自己的感知。小說的後半部分是敘述者本人的思索：他看到今日的閏土已經陷入一個世界，這世界是自己所不能進入的，他也無法使這個舊日友人從中解脫出來。敘述者雖在苦苦思索，但人們從這苦思中已看不到「狂人」那改變這世界的激情。這個敘述者的疏遠感和「狂人」的疏遠感有質的區別，因爲他雖移情於像閏土這類人，卻已感到無力去採取什麼行動。其結果是壓抑感：「我只覺得四面有看不見的高牆，將我隔成孤身，使我非常氣悶。」

在小說結束時，敘述者勉強將希望寄託於下一代：「他們應該有新的生活。」同時，又寫出了「路是人走出來的」的名句。這句話曾被許多人引用，認爲是魯迅有肯定的信念的證據⑤。但是整篇小說的情緒（**以及魯迅後來諸作品的情緒**）是失望的，對比來看，總覺得對「路」的形象那種積極的解釋有些勉強。這是「救救孩子」的呼籲的重複，卻缺少「狂人」作這呼籲時思想上的信心。

《在酒樓上》寫於《故鄉》後三年。這裏的敘述者遇見的故人不同於閏土，是一個和他自己非常相似的人。他們過去是同窗同事，都是激進的理想主義者，現在又都減退了過去的雄心。敘述者引出了主人翁呂緯甫的獨白，他所傾訴的似乎正是這兩個孤獨者的共同的經驗。周作人曾設想呂緯甫是魯迅本人和范愛農的綜合形象，呂緯甫所說爲他弟弟遷葬的事也和魯迅的經歷相似。這種個人因素使這篇小說更給人以在其他反諷作品中不常有的親切感。當然，它不是作者的自傳性回憶，相反，卻表現了一種獨特的小說結構，其中對往事的重述變成了敘述者和主人翁雙方對生活意義的內心探索。

這篇小說與《故鄉》前後呼應，似乎是前一篇當中的一個情節。呂緯甫甚至說到：「前年，我回來接我母親的時候，長富正在家……」。他和《故鄉》中的敘述者一樣，都是爲了母親的緣故回到故鄉，並因此遇到故人。呂緯甫談到他在長富家裏吃蕎麥麵以及這次帶著剪絨花去訪長富女兒阿順的細節時，也都帶著《故鄉》中敘述者遇見閏土時的那種溫情。但是，呂緯甫與前一篇的敘述者之間又還存在著差異。他在溫情地敘述了上次吃了阿順所做的蕎麥麵後，雖然飽脹得一夜睡不穩，仍然爲她祝福，「願世界爲她變好」，但立即又爲這「不過是舊日的夢的痕跡」而自笑，並且「接著也就忘卻了」。

按照呂緯甫的自述，他回鄉後爲母親做的兩件事都沒有順利完成。他給小弟弟遷墳，發現死者早已屍骨無存，他只得把舊墳的泥土包一些放到棺材裏遷到父親墓旁，做了本來沒有必要做的事情。他送剪絨花給阿順，發現阿順也已死去了，只得無可奈何地把花送給他本不願送的阿順的妹妹。這兩件事的真實情況呂緯甫都不準備告訴母親，只想去「騙騙母親，使她安心些」，認爲「這樣總算完結了一件事」。這裏表現了呂緯甫的孝思，也就是林毓生所說魯迅珍視的傳統道德感之一的「念舊」。但是從外人看來，呂緯甫的行爲可能確是沒有什麼意義的，而在他的回憶的世界裏，他是否仍然要爲下面的問題而苦惱呢？他究竟只是欺騙他的母親還是同時也在自欺呢？在結束了他的故事以後他又將做些什麼呢？

在呂緯甫傾訴的過程中，有一處寫到敘述者看見他「眼圈微紅」了，但立即又把這解釋爲「有了酒意」，說明敘述者已感到呂緯甫動了感情但自己卻不願捲入這感情中去。但讀者卻明白：這傾訴已經織成了一張惆悵的網，籠罩著兩個孤獨者，把他們和冷酷的外部世界隔開了。

呂緯甫最後還說：「這些無聊的事算什麼？只要模模糊糊。」無聊，就是沒意義，可厭。這裏已經不再有「狂人」的理想，不再有《故鄉》中所表示的，雖然微弱但仍然存在對下一代人的希望，甚至也不再有《頭髮的故事》裏N先生那種藉以肯定自己的憤激。他對生活已經厭倦了，他將在「模模糊糊」的教學生涯中，走上厭世者的道路。

寫於一九二五年的《孤獨者》中的主人翁魏連殳就正是這樣一個「厭世者」。這篇小說在技巧上雖然不是魯迅最好的，篇幅僅次於《阿Q正傳》。它精心地述說了一個過去的激進者「墮落」的過程，提供了一個獨異個人轉變成厭世者的豐滿側像。因此，儘管藝術上尙有缺點，它佔有一種堪與《阿Q正傳》相比的重要地位，具有概括的意義，値得仔細分析⑥。

《孤獨者》的主人翁魏連殳和魯迅本人有許多相似的地方。他也是現代知識分子，學生物，卻教歷史課（魯迅學醫，教文學）。魏連殳也愛書，還在雜誌上寫稿，爲此被人散佈流言，遭受攻擊。甚至他的外貌也和魯迅相似：短小瘦削，頭髮蓬鬆，鬚眉濃黑，兩眼在空氣裏發光。

這一形象是從去參加魏連殳祖母喪葬儀式的敘述者眼中描畫出來的。這個魏連殳，人們本來認爲作爲新派的知識分子，在喪殮形式上是「一定要改變新花樣的」，已經準備好了要和他鬥爭，誰知他卻全部服從人們老例的安排。在整個喪殮過程中，大家哭拜時，他一聲不哭，當人們準備走散時，他卻像一匹受傷的狼似的長嚎了。那聲音，是「慘傷裏夾雜著憤怒和悲哀」，人是兀坐著「鐵塔似的動也不動」。這模樣，卻是「老例上所沒有的」。

周作人曾評論說，魯迅所有的小說、散文作品中沒有一篇和他生活中的真實這麼相像⑦。這顯然是魯迅生活中曾經震撼過他心的極少數場景之一。值得注意的是：這一場景也具有獨異個人被庸眾圍繞的原型結構。庸眾的反應也是典型的，他們不能理解魏連殳感情深處的孤獨悲愴。

但魏連殳的孤獨和上述所有孤獨者的都有所不同。「兀坐著號咷，像鐵塔似的動也不動」，說明他和庸眾的疏遠更完全徹底，他已不再像「狂人」那樣有那種主動對立的精神，或有任何喚醒庸眾的願望，甚至不像N先生那樣感到有憤激的必要。他的孤獨與其說是外界強加的，毋寧說是他自己製造的。正如小說中敘述者所說的那樣：「你實在親手造了獨頭繭，將自己裹在裏面了。」小說中的大部分，從敘述者的視角描寫了魏連殳在越來越覺得生活無意義的情況下仍想「活幾天」的感情。他曾寄熱望於孩子，認爲「孩子總是好的，他們全是天真……」。他也還曾有過一個「願意我活幾天」的人。但是在他最後的生活目的也被奪去了時，他終於走上自我毀滅的道路。他最後的「墮落」也有些像「狂人」的結局。「狂人」治癒狂疾「候補」做官去了，他也做了杜師長的顧問，過著那種雖生猶死的生活。那封聲稱「快活極了，舒服極了」，「我已經真的失敗，然而我勝利了」的給敘述者的信，實際上已經是他死前向生活的訣別。在《孤獨者》以後，魯迅的小說中就不再寫孤獨的個人了。魏連殳之死似乎結束了從「狂人」開始的孤獨個人的譜系。《兩地書》中有如下一段話：「這一類人物的命運，在現在——也許雖在將來——是要救群眾，而反被群眾所迫害，終於成了單身，忿激之餘，一轉而仇視一切，無論對誰都開槍，自己也歸於毀滅。」這實際上是對這類

「獨異個人」命運的概括。

《孤獨者》的故事是由一個參與在故事以內的敘述者來講的。這個敘述者移情於主人翁，幾乎到了與之認同的程度。敘述者踏著魏連殳悲劇的一生的步子前行，變成了他的「第二人」，似乎自己也將成爲厭世者。情節隱然有雙重結構，其中至少包含著兩環：以喪禮始，以喪禮終。最初是魏連殳回家參加他祖母的喪事，敘述者因而認識了他。結束時是敘述者參加魏連殳的喪事。這說明「孤獨者」是以祖母——魏連殳——敘述者這樣一條線在重複著。魏連殳本人似乎也覺察到了這種孤獨者命運奇怪的「連續回歸」。他對敘述者責備他不應自設一個「獨頭繭」時的回答就說明了他的這種感覺，他說：「我雖然沒有分得她的血液，卻也許會繼承她的命運。」看來，這「孤獨者」的譜系竟幾乎是神話式的了。它神秘的聯繫跨越了若干代。人們由此可以感到尼采的影響，也會聯想起作者四個月前寫的散文詩《頹敗線的顫動》。這是魯迅特殊主觀性的例子，他將最切近的個人經驗（自己祖母的死）轉爲「幻象」，怪異地體現出某種哲學思想。可以說《孤獨者》所涉及的不僅是兩種社會思想的衝突，同時還涉及了關於人的存在本身意義的某種抽象思想。這是超出於具體現實和現實主義的訓誨要求的層次之上的。《孤獨者》是魯迅作爲一個陷於夾縫中的、必然會痛苦並感覺到死之陰影籠罩的、覺醒了的孤獨者的自我隱喻。

四、「鐵屋子」的隱喻

我對魯迅的短篇小說作了如上寓意式的讀解，顯然是從著名的「鐵屋子」的隱喻得到啓發。「鐵屋子」當然可以看作中國文化和中國社會的象徵，但必然還會有更普遍的哲學意義。它形成了魯迅寫作的某種特殊要求，就是在作品中賦予那「少數清醒者」生命。「五四」時期，描寫並提倡那種不爲無知的群眾所理解，並被他們所拒絕的少數有遠見的改革者和革命者，是符合整體潮流的。例如胡適，就也曾提倡過易卜生，並使其「人民公敵」這種獨特的個人形象得以廣泛流傳。在當時社會普遍的中庸及保守的潮流下，這種立場（或姿態）也確實表達了某種自我肯定的崇高。但魯迅「鐵屋子」的隱喻卻和胡適的實證主義完全不同。我認爲，「鐵屋子」意指那種被騷擾的暗淡內心，那「較爲清醒的幾個人」則是和魯迅的心相近的，體現著他本人的經驗和感情中的某種氣質。

上述魯迅小說中兩類人的處境是：少數清醒者起初想喚醒熟睡者，但是那努力導致的只是疏遠和失敗。清醒者於是變成無力喚醒熟睡者的孤獨者，所能做到的只是激起自己的痛苦，更加深深意識到死亡的即將來臨。他們之中任何人都沒有得到完滿的勝利，庸眾是最後的勝利者。「鐵屋子」毫無毀滅的跡象。

我們都知道，在《吶喊・自序》裏，「鐵屋子」的比喻提出來後，接著就寫了魯迅和錢玄同的不同見解。錢玄同認爲：「既然有幾個人醒來了，就不能說沒有毀壞這黑屋子的希望。」魯迅則「雖然自有他的確信」，卻仍然不願「抹煞希望」，終於答應了他寫文章的要求。這種對「未來的許諾」的熱忱，當然是以進化論爲基礎的。但是，魯迅雖然用寫文章的實踐給予了現實中的孤獨者們少許安慰，對他小說中的孤獨者，卻似乎不能給予同樣的安慰。在小說中，魯迅似乎是將N先生所懷疑的「將黃金時代預約給這些人們的子孫」的「未來許諾」的信心置於不斷的考驗之前：懷疑，又再肯定，又進一步懷疑。正因此，在《狂人日記》絕望的噩夢之後，他加上了帶有希望的「救救孩子」的呼籲；在《藥》中的革命者被處死以後，他認爲有必要在墳前放一個花環；在《明天》中，他以「暗夜爲想變成明天，……仍在這寂靜裏奔波」爲結尾；在《故鄉》中，描寫了與兒時舊友的疏遠感以後，又提出了著名的「路是人走出來的」的比喻。

關於經常被引用的這個「路」的比喻還應當再說幾句的是：魯迅的作品中並不只有這一個「路」的形象。魯迅作品中還有其他的「路」的形象，其中最後的一個是寫在四年以後的《傷逝》中。那是涓生在擺脫了子君以後所看見的，他的未來的「路」。這條路「就像一條灰白的長蛇，自己蜿蜒地向我奔來，我等著，等著，看看臨近，但忽然便消失在黑暗裏了。」因此，他「還不知道怎樣跨出那一步」。

可見，魯迅在小說中並沒有體現出錢玄同所預言的希望。

這種信心與不信之間、希望與失望之間的搖擺，似乎貫穿在魯迅整個二十年代各種體裁的作品中，不僅反映了他個人情緒的起伏，同時也反映了他思想上的猶豫不決：一種對於認識的取捨和未來行動的不確定性。只是在經過了一段苦悶的自我探索的過程，並在陷入了一種完全絕望與虛無的深淵以後，他才在三〇年代，在左翼文化陣線中，重新成爲一個爲確定目標而鬥爭的作家。關於三〇年代的這一段我將在後面論及。在此以前，我想應先研究他的散文《野草》。在這一體裁中，他天才地注入了自己當時內心的暗淡。

（錄自本社出版之李歐梵著《鐵屋中的吶喊》）

注釋

①關於魯迅對個人和群眾的看法，近來仍有相當教條式的看法。參見張琢：《魯迅哲學思想研究》（武漢，一九八一年），第一五九至一七六頁。

②韓南：《魯迅小說的技巧》。

③在某些研究中，把馬克思主義觀點的「典型」庸俗化了。把阿Q看做中國農村無產階級的代表，因而是「革命的」（基於同樣的思想方式，他們也認為「狂人」是反封建戰士）。但如果這樣理解，就無法解釋何其芳等人提出的問題了：「既如此，阿Q爲什麼這樣卑鄙呢？」早期有一種看法是說阿Q的思想悲劇來自辛亥革命的性質（見王西彥：《論阿Q和他的悲劇》）：另一種看法是阿Q因

被上層階級壓迫，也從上層階級學壞了。因此，「阿Q主義」是所有各階級共有的（見馮雪峰：《論〈阿Q正傳〉》和朱彤：《魯迅創作的藝術技巧》第一六〇至一七〇頁）。在近期的關於「國民性」的討論中，這種僵化的階級分析法又更精煉了。有人認爲阿Q的「精神勝利法」只屬於「國民性」，而「國民性」和「人民性」是有區別的（見《魯迅「國民性」思想討論集》中李何林等人的文章和林非：《魯迅小說論稿》第一一〇至一三〇頁）。再一種是蘇雪林的非馬克思主義觀點，認爲阿Q的「奴隸化」是外國長期侵略所致（見蘇雪林：《〈阿Q正傳〉及魯迅創作的藝術》）。但在許多研究中，卻極少有人抓住了魯迅關於阿Q這個人物本身真正的「精神」反諷觀念，即：中國人集體的靈魂即「無靈魂」。而這一點，魯迅本人在《俄文譯本〈阿Q正傳〉序》中即已提及，他說：「我雖已經試做，但終於自己還不能很有把握，我是否能夠寫出一個現代的我們國人的靈魂來。」

④我下面的議論有異於中國研究者們經常爭論的所謂「知識分子形象問題」。我這裏說的「孤獨者」指的是一種知識分子的特殊類型，他們的「譜系」只能在魯迅的小說中見到。我不追索他們的階級背景或對他們作思想價值的判斷。

⑤許杰：《談故鄉》（《六十年代魯迅研究論文集》，北京，一九八二年）。

⑥這篇小說中國研究者們不甚喜歡，因爲它壓抑的調子以及失敗主義的態度。近年來它得到較高評價。如陳耀東、唐達輝：《魯迅小說獨創性新探》（湖南，一九八四年）就認爲對魏連殳的人物塑

造僅次於阿Q，並且不同意所謂「失敗主義」的指謫。

⑦周作人：《魯迅小說裏的人物》，第一八七頁。

魯迅年表

一八八一年

九月二十五日（農曆八月初三日）出生於浙江省紹興府會稽縣東昌坊口周家。取名樟壽，字豫山，後改名樹人，字豫才；一九一八年發表小說《狂人日記》時始用筆名「魯迅」。

一八八七年　六歲

入家塾，從叔祖玉田讀書。

一八九二年　十一歲

入三味書屋私塾，從壽鏡吾先生讀書。

一八九三年　十二歲

秋，祖父周介孚因科場案入獄。魯迅被送往外婆家暫住，接觸了一些農民生活，與農民的孩子建立了純真的感情。

一八九四年　十三歲

春，回家，仍就讀於三味書屋。

冬，父周伯宜病重。為求醫買藥，常出入於當鋪、藥店。

一八九六年　十五歲

十月，父周伯宜病故，終年三十七歲。

一八九八年　十七歲

五月，往南京考入江南水師學堂求學。

十月，因不滿水師學堂的腐敗、守舊，改考入江南礦路學堂（全稱為「江南陸師學堂附設礦務鐵路學堂」）。魯迅這時受了康梁維新的影響，又讀到了《天演論》等譯著，開始接受進化論與民主思想。

一九〇一年　二十歲

繼續在礦路學堂求學。十一月，到青龍山煤礦實習。

一九〇二年　二十一歲

一月，從礦路學堂畢業。

四月，由江南督練公所派往日本留學，入東京弘文書院學習日語。

十一月，與許壽裳、陶成章等百餘人在東京組成浙江同鄉會，決定出版《浙江潮》月刊。課餘積極參加當時愛國志士的反清革命活動。

一九〇三年　二十二歲

三月，剪去髮辮，攝「斷髮照」，並題七絕詩〈靈台無計逃神矢〉一首於照片背後贈許壽裳。

六月，在《浙江潮》第五期發表〈斯巴達之魂〉與譯文〈哀聖〉（法國雨果的隨筆）。

十月，在《浙江潮》第八期發表〈說鉐〉與〈中國地質論〉。所譯法國凡爾納的科學小說《月界旅行》由東京進化社出版。

十二月，所譯凡爾納科學小說《地底旅行》第一、二回在《浙江潮》第十期發表，該書的全譯本後於一九〇六年由南京城新書局出版。

一九〇四年　二十三歲

四月，在弘文書院結業。

九月，入仙台醫學專門學校求學。魯迅後來在講到自己學醫的動機時說：「我的夢很美滿，預備卒業回來，救治像我父親般被誤的病人的疾苦，戰爭時候便去當軍醫，一面又促進了國人對於維新的信仰。」（《吶喊・自序》）

一九〇六年　二十五歲

一月，在看一部反映日俄戰爭的幻燈片時深受刺激：一個體格健壯的中國人被日軍指爲俄探，砍頭示眾，而被殺者與圍觀的中國人卻都神情痲木，魯迅由此而感到要拯救中國，「醫學並非一件緊要事」，更重要的是「改變他們的精神」，於是決定棄醫從文，用文藝來改變國民精神。

三月，從仙台醫學專門學校退學，到東京開始從事文藝活動。
夏秋間，奉母命回紹興與山陰縣朱安女士完婚。婚後即返東京。

一九〇七年　二十六歲

夏，與許壽裳等籌辦文藝雜誌《新生》，未實現。
冬，作《人之歷史》、《科學史教篇》、《文化偏至論》、《摩羅詩力說》，都發表在河南留學生主辦的《河南》月刊上。

一九〇八年　二十七歲

加入反清秘密革命團體光復會（一說一九〇四年）。
繼續爲《河南》月刊撰稿，著《破惡聲論》（未完），翻譯匈牙利歓息的《裴彖飛詩論》。
夏，與許壽裳、錢玄同、周作人等請章太炎在民報社講解《說文解字》。

一九〇九年　二十八歲

三月，與周作人合譯《域外小說集》第一冊出版；七月，出版第二冊。
八月，結束日本留學生活，回國，任杭州浙江兩級師範學堂生理學、化學教員。

一九一〇年　二十九歲

九月，改任紹興府中學堂生物學教員及監學。授課之餘，開始輯錄唐以前的小說佚文

（後彙成《古小說鉤沉》）及有關會稽的史地佚文（後彙成《會稽郡故書雜集》）。

一九一一年　三十歲

十月，辛亥革命爆發；十一月，杭州光復。爲迎接紹興光復，魯迅曾率領學生武裝演說隊上街宣傳革命，散發傳單。紹興光復後，以王金發爲首的紹興軍公政府委任魯迅爲浙江山會初級師範學堂監督。

文言短篇小說《懷舊》作於本年。

一九一二年　三十一歲

一月三日，在《越鐸日報》創刊號上發表〈《越鐸》出世辭〉。

二月，辭去山會初級師範學堂監督職，應教育總長蔡元培邀請，到南京任教育部部員。

五月，隨臨時政府遷往北京，任教育部僉事與社會教育司第一科科長。

一九一三年　三十二歲

二月，發表《擬播布美術意見書》。

六月下旬，回紹興省母，八月上旬返京。

十月，校錄《稽康集》，並作〈稽康集・跋〉。

一九一四年　三十三歲

四月起，開始研究佛學。

十一月，輯《會稽故書雜集》成，並作序文。

一九一五年　三十四歲

九月一日，被教育部任命爲通俗教育研究會小說股主任。

本年開始在公餘搜集、研究金石拓本，尤側重漢代、六朝的繪畫藝術。

一九一六年　三十五歲

公餘繼續研究金石拓本。

十二月，母六十壽，回紹興。次年一月回北京。

一九一七年　三十六歲

七月三日，因張勳復辟，憤而離職；亂平後，十六日回教育部工作。

一九一八年　三十七歲

四月二日，《狂人日記》寫成，這是我國新文學中的第一篇白話小說，發表於五月號《新青年》，始用「魯迅」的筆名。

七月二十日，作論文《我之節烈觀》，抨擊封建禮教，發表於八月出版的《新青年》。

九月開始，在《新青年》「隨感錄」欄陸續發表雜感。

冬，作小說《孔乙己》。

一九一九年　三十八歲

四月二十五日，作小說《藥》。
六月末或七月初，作小說《明天》。
八月十二日，在北京《國民公報》「寸鐵」欄用筆名「黃棘」發表短評四則。
八月十九日至九月九日，在《國民公報》「新文藝」欄以「神飛」爲筆名，陸續發表總題爲〈自言自語〉的散文詩七篇。
十月，作論文《我們現在怎樣做父親》。
十二月一日至二十九日，返紹興遷家，接母親、朱安和三弟建人至北京。
十二月一日，發表小說《一件小事》。

一九二〇年　三十九歲

八月五日，作小說《風波》。
八月十日，譯尼采《察拉圖斯特拉的序言》畢，發表於九月出版的《新潮》第二卷第五期。
本年秋開始兼任北京大學、北京高等師範學校講師。

一九二一年　四十歲

一月，作小說《故鄉》。
二、三月，重校《稽康集》。

十二月四日，所作小說《阿Q正傳》在北京《晨報副刊》開始連載，至次年二月二日載畢。

一九二二年　四十一歲

二月，發表雜文〈估《學衡》〉，再校《嵇康集》。

五月，譯成愛羅先珂的童話劇《桃色的雲》，次年由上海商務印書館出版；與周建人、周作人合譯的《現代小說譯叢》，由上海商務印書館出版。

六月，作小說《白光》、《端午節》。

十一月，作歷史小說《不周山》（後改名《補天》）。

十二月，編成小說集《吶喊》，並作〈自序〉，次年由北京新潮社出版。

一九二三年　四十二歲

六月，與周作人合譯的《現代日本小說集》由上海商務印書館出版。

七月，與周作人關係破裂；八月二日租屋另住。

九月十七日開始，在北京世界語專門學校講授中國小說史，至一九二五年三月結束。

十二月，《中國小說史略》上冊由北京新潮社出版。

十二月二十六日，在北京女子師範大學講演，題爲〈娜拉走後怎樣〉。

本年秋季起，除在北大、北師大兼任講師外，又兼任北京女子高等師範學校講師。

一九二四年　四十三歲

一月十七日，在北京師範大學作題爲〈未有天才之前〉的講演。

二月作小說《祝福》、《在酒樓上》、《幸福的家庭》。

三月，作小說《肥皂》。

六月，《中國小說史略》下冊由北京新潮社出版。該書次年九月合成一冊由北京北新書局出版。

七月，應西北大學與陝西教育廳之邀，赴西安講學，講題爲〈中國小說的歷史的變遷〉。

八月十二日返京。

九月開始寫〈秋夜〉等散文詩，後結集爲散文詩集《野草》。

十月，譯畢日本廚川白村的《苦悶的象徵》。本年十二月由北京新潮社出版。

十一月十七日，《語絲》周刊創刊，魯迅爲發起人與主要撰稿人之一。創刊號上刊出魯迅的雜文《論雷峰塔的倒掉》。

一九二五年　四十四歲

從一月十五日起，以〈忽然想到〉爲總題，陸續作雜文十一篇，至六月十八日畢。

二月二十八日，作小說《長明燈》。

三月十八日，作小說《示眾》。

三月二十一日，作散文《戰士與蒼蠅》，對誣蔑孫中山先生的無恥之徒作了猛烈的抨擊。魯迅後來在《集外集拾遺·這是這麼一個意思》中談到這篇散文時說：「所謂戰士者，是指中山先生和民國元年前後殉國而反受奴才們譏笑糟蹋的先烈；蒼蠅則當然是指奴才們。」

五月一日，作小說《高老夫子》。

五月十二日，出席北京女子師範大學學生自治會召開的師生聯席會議，支持學生反對封建家長式統治的正義鬥爭。

八月十四日，被段祺瑞政府教育總長章士釗非法免除教育部僉事職。八月二十二日，魯迅向平政院投交控告章士釗的訴狀。次年一月十七日，魯迅勝訴，原免職之處分撤銷。

十月，作小說《孤獨者》、《傷逝》。

十一月，作小說《弟兄》、《離婚》。

十一月三日，編定一九二四年以前所作之雜文，書名《熱風》，本月由北京北新書局出版。

十二月，所譯日本廚川白村的文藝論集《出了象牙之塔》由北京未名社出版。

十二月二十九日，作論文《論「費厄潑賴」應該緩行》。

十二月三十一日，編定雜文集《華蓋集》，並作〈題記〉，次年六月由北京北新書局出版。

一九二六年　四十五歲

二月二十一日，開始寫作回憶散文《狗・貓・鼠》等，後結集爲回憶散文集《朝花夕拾》，一九二八年九月由北京未名社出版。

三月十日，作《孫中山先生逝世後一周年》，頌揚孫中山先生的革命精神。

三月十八日，段祺瑞政府槍殺愛國請願學生的「三一八慘案」發生。爲聲援愛國學生，揭露軍閥政府的暴行，魯迅陸續寫作了《無花的薔薇之二》、《死地》、《紀念劉和珍君》等雜文、散文多篇。因遭北洋軍閥政府通緝，曾被迫離寓至山本醫院、德國醫院等處避難十餘日。

八月一日，編《小說舊聞鈔》，作序言，當月由北京北新書局出版。

八月二十六日，應廈門大學邀請，赴任該校國文系教授兼國學研究院教授，啓程離北京。許廣平同車離京，赴廣州。

八月，小說集《徬徨》由北京北新書局出版。

九月四日，抵廈門大學。

十月十四日，編定雜文集《華蓋集續編》，並作〈小引〉，次年由北京北新書局出版。

十月三十日，編定論文與雜文合集《墳》，並作〈題記〉，次年三月由北京未名社出版。

十二月，因不滿於廈門大學的腐敗，決定接受中山大學的聘請，辭去廈門大學的職務。

十二月三十日，作歷史小說《奔月》。

一九二七年　四十六歲

一月十六日離廈門，十九日到廣州中山大學，出任該校文學系主任兼教務主任。

二月十八日，應邀赴香港講演，講題為〈無聲的中國〉和〈老調子已經唱完〉，二十日回廣州。

四月八日，在黃埔軍官學校講演，題為〈革命時代的文學〉。

四月十五日，為營救被捕的進步學生，參加中山大學系主任會議，無效，於二十九日提出辭職。

四月二十六日，編散文詩集《野草》成，作〈題辭〉。七月，該書由北京北新書局出版。

七月二十三日，應邀在廣州暑期學術講演會上發表題為〈魏晉風度及文章與藥及酒之關係〉的講演。

八月二十二日至二十四日，編《唐宋傳奇集》成，由北京北新書局在本年十二月及次年二月分上下冊出版。
九月二十七日，偕許廣平乘輪船離廣州，十月三日抵達上海，十月八日開始同居生活。
十二月十七日，《語絲》周刊被奉系軍閥封閉，由北京移至上海繼續出版，魯迅任主編，次年十一月辭去主編職。
十二月二十一日，應邀在上海暨南大學演講，題爲〈文藝與政治的歧途〉。

一九二八年　四十七歲

二月十一日，譯日本板垣鷹穗的《近代美術思潮論》畢，次年由上海北新書局出版。
二月二十三日，作文藝評論《「醉眼」中的朦朧》。
四月三日，譯日本鶴見佑輔隨筆集《思想・山水・人物》畢，次年五月由上海北新書局出版。
六月二十日，與郁達夫合編的《奔流》月刊創刊。
十月，雜文集《而已集》由上海北新書局出版。

一九二九年　四十八歲

二月十四日，譯日本片上伸的論文《現代新興文學的諸問題》畢，並作〈小引〉，本年四月由上海大江書鋪出版。
四月二十二日，譯蘇聯盧那察爾斯基的論文集《藝術論》畢並作〈小引〉，本年六月由上海大江書鋪出版。

四月二十六日，作〈《近代世界短篇小說集》小引〉。該書由魯迅、柔石等編譯，分兩冊，先後於本年四月、九月由上海朝花社出版。

五月十三日，離上海北上探親，十五日抵北平。在北平期間，先後應燕京大學、北京大學第二院、北平大學第二師範學院等院校之邀講演。六月三日啓程南返，五日抵滬。

八月十六日，譯蘇聯盧那察爾斯基的論文集《文藝與批評》畢，本年十月由上海水沫書店出版。

九月二十七日，子海嬰出生。

十二月四日，應上海暨南大學之邀，前往講演，題爲〈離騷與反離騷〉。

一九三〇年　四十九歲

一月一日，《萌芽月刊》創刊，魯迅爲主編人之一。

二月八日，《文藝研究》創刊，魯迅主編，並作〈《文藝研究》例言〉。這個刊物僅出一期。

二月至三月間，先後在中華藝術大學、大夏大學、中國公學分院作演講，共四次，題目分別爲〈繪畫漫論〉、〈美術上的現實主義問題〉、〈象牙塔與蝸牛廬〉和〈美的認識〉。

三月二日，中國左翼作家聯盟（簡稱「左聯」）成立，在成立大會上發表〈對於左翼作家聯盟的意見〉的演講，並被選爲執行委員。

三月十九日，得知被政府通緝的消息，離寓暫避，至四月十九日。

五月八日，譯完蘇聯普列漢諾夫《藝術論》，並爲之作序，本年七月由上海光華書局出版。

八月三十日，譯蘇聯阿・雅各武萊夫小說《十月》成，並作後記，一九三三年二月由上海神州國光社出版。

九月二十五日爲魯迅五十壽辰（虛歲）。文藝界人士十七日舉行慶祝會，魯迅出席。

九月二十七日，編德國版畫家梅斐爾德的《士敏土之圖》畫集成，並爲之作序。次年二月以三閑書屋名義自費印行。

十一月二十五日，修訂《中國小說史略》畢，並作〈題記〉。修訂本次年七月由上海北新書局出版。

十二月二十六日，譯成蘇聯法捷耶夫的小說《毀滅》，次年九月由上海大江書鋪出版，十月以三閑書屋名義再版。

一九三一年　五十歲

一月二十日，因「左聯」五位青年作家被捕而離寓暫避，二十八日回寓。五位青年作家遇難後，魯迅在「左聯」內部刊物上撰文，並爲美國《新群眾》雜誌作〈黑暗中國的文藝界的現狀〉。

四月一日，校閱孫用譯匈牙利裴多菲的長詩〈勇敢的約翰〉畢，並爲之作〈校後記〉。

七月二十日，校閱李蘭譯美國馬克·吐溫的小說《夏娃日記》畢，並於九月二十七日爲之作〈小引〉。

九月二十一日，就「九一八」事變，發表《答文藝新聞社問》，揭露日本帝國主義的侵略野心。

十二月二十七日，作文藝評論《答北斗雜誌社問》。

一九三二年　五十一歲

一月三十日，因「一二八」戰事，寓所受戰火威脅而離寓暫避，三月十九日返寓。

二月三日，與茅盾、郁達夫等共同簽署《上海文化界告全世界書》，抗議日本帝國主義的侵華暴行。

四月二十四日，雜文集《三閑集》編成，並作序，本年九月由上海北新書局出版。

四月二十六日，雜文集《二心集》編成，並作序，本年十月由上海合眾書店出版。

九月，編集與曹靖華等合譯的蘇聯短篇小說兩冊，一冊名《豎琴》，另一冊名《一天的工作》，各作〈前記〉與〈後記〉，二書均於一九三三年由上海良友圖書公司出版。

一九三六年再版時合爲一冊，改名爲《蘇聯作家二十人集》。
十月十日，作文藝評論《論「第三種人」》。
十月二十五日，作文藝評論《爲「連環圖畫」辯護》。
十一月九日，因母病北上探親，十三日抵北平。在北平期間，先後應北京大學第二院、輔仁大學、女子文理學院、北京師範大學與中國大學之邀前往講演，講題分別爲〈幫忙文學與幫閑文學〉、〈今春的兩種感想〉、〈革命文學與遵命文學〉、〈再論「第三種人」〉和〈文力與武力〉。三十日返抵上海。
十二月十四日，作〈《自選集》自序〉。《魯迅自選集》於次年三月由上海天馬書店出版。
十二月十六日，編定《兩地書》（魯迅與許廣平的通信集）並作序，次年四月由上海北新書局以「青光書局」名義出版。
十二月，與柳亞子等聯名發表《中國著作家爲中蘇復交致蘇聯電》。

一九三三年　五十二歲

一月六日，出席中國民權保障同盟臨時執行委員會會議，被推舉爲上海分會執行委員。
二月七、八日，作散文《爲了忘卻的紀念》。
二月十七日，在宋慶齡寓所參加歡迎英國作家蕭伯納的午餐會。

三月二十二日，作〈英譯本《短篇小說選集》自序〉。
五月十三日，與宋慶齡、楊杏佛等赴上海德國領事館，遞交《爲德國法西斯壓迫民權摧殘文化的抗議書》。
五月十六日，作雜文《天上地下》。
六月二十六日，作雜文《華德保粹優劣論》。
六月二十八日，作雜文《華德焚書異同論》。
七月十九日，雜文集《僞自由書》編定，作〈前記〉，三十日作〈後記〉，本年十月由上海北新書局以「青光書局」名義出版。
七月七日，與美國黑人詩人休斯會晤。
八月二十七日，作文藝評論《小品文的危機》。
九月三日，世界反對帝國主義戰爭委員會在上海召開遠東會議，魯迅被推選爲主席團名譽主席，但未能出席會議。
十二月二十五日，爲葛琴的小說集《總退卻》作序。
十二月三十一日，雜文集《南腔北調集》編定，並作〈題記〉，次年三月由上海聯華書局以「同文書局」名義出版。

一九三四年　五十三歲

一月二十日，爲所編蘇聯版畫集《引玉集》作〈後記〉，本年三月以「三閑書屋」名義自費印行。
三月十日，編定雜文集《准風月談》作〈前記〉，十月二十七日作〈後記〉，本年十二月由上海聯華書局以「興中書局」名義出版。
三月二十三日，作《答國際文學社問》。
五月二日，作文藝評論《論「舊形式的採用」》。
六月四日，作雜文《拾來主義》。
七月十八日，編定中國木刻選集《木刻紀程》並作〈小引〉，本年八月由鐵木藝術社印行。
八月一日，作散文《憶劉半農君》。
八月九日，編《譯文》月刊創刊號，任第一至第三期主編，並作〈《譯文》創刊前記〉。
八月十七至二十日，作論文《門外文談》。
八月，作歷史小說《非攻》。
十一月二十一日，爲英文月刊作雜文《中國文壇上的鬼魅》。
十二月二十日，編定《集外集》，作序言。本書次年五月由群眾圖書公司出版。

一九三五年　五十四歲

一月一日至十二日，譯成蘇聯班台萊夫的兒童小說《錶》，本年七月由上海生活書店出版。

二月十五日，著手翻譯俄國果戈里的小說《死魂靈》第一部，十月六日譯畢，本年十一月由上海文化生活出版社出版。

二月二十日，《中國新文學大系・小說二集》編選畢，並爲之作序。本年七月由上海良友圖書印刷公司出版。

三月二十八日，作〈田軍作《八月的鄉村》序〉。

四月二十九日，爲日本改造社用日文寫《在現代中國的孔夫子》。

六月十日起陸續作以〈題未定草〉爲總題的雜文，至十二月十九日止，共八篇。

八月八日，爲所譯高爾基《俄羅斯的童話》作〈小引〉，該書十月由上海文化出版社出版。

十一月十四日，作〈蕭紅作《生死場》序〉。

十一月二十九日，作歷史小說《理水》畢。

十二月二日，作文藝評論《雜談小品文》。

十二月，作歷史小說《采薇》、《出關》、《起死》；與前作《補天》、《奔月》、

《鑄劍》、《理水》、《非攻》一起彙編成《故事新編》，本月二十六日作序，次年一月由上海文化生活出版社出版。

十二月三十日，作《且介亭雜文》序及附記，十二月三十一日，作《且介亭雜文二集》序及後記；本月還曾著手編《集外集拾遺》，因病中止。

一九三六年　五十五歲

一月二十八日，《凱綏・珂勒惠支版畫選集》編定，並作〈序目〉，本年五月自費以三閑書屋名義印行。

二月二十三日，爲日本改造社用日文寫《我要騙人》。

三月二日，肺病轉重，量體重，僅三十七公斤。

三月下旬，扶病作〈《海上述林》上卷序言〉，四月底，作〈《海上迷林》下卷序言〉。

該書署「諸夏懷霜社教印」，上卷於本年五月出版，下卷於本年十月出版。

四月十六日，作雜文《三月的租界》。

六月九日，作《答托洛斯基派的信》。

八月三日至五日，作《答徐懋庸並關於抗日統一戰線問題》。

九月五日，作散文《死》。

十月八日，往青年會參觀第二次全國木刻流動展覽會，並與青年木刻藝術家座談。

十月九日，作散文《關於太炎先生二三事》。

十月十七日，執筆寫作一生中最後的一篇作品《因太炎先生而想起的二三事》，未完篇輟筆。

十月十九日晨三時半，病勢劇變，延至五時二十五分病逝於上海。

魯迅作品精選：1
吶喊（含阿Q正傳）【經典新版】

作者：魯迅
發行人：陳曉林
出版所：風雲時代出版股份有限公司
地址：10576台北市民生東路五段178號7樓之3
電話：(02) 2756-0949
傳真：(02) 2765-3799
執行主編：朱墨菲
美術設計：吳宗潔
業務總監：張瑋鳳

初版五刷：2024年4月
ISBN：978-986-352-436-6

風雲書網：http://www.eastbooks.com.tw
官方部落格：http://eastbooks.pixnet.net/blog
Facebook：http://www.facebook.com/h7560949
E-mail：h7560949@ms15.hinet.net
劃撥帳號：12043291
戶名：風雲時代出版股份有限公司

風雲發行所：33373桃園市龜山區公西村2鄰復興街304巷96號
電話：(03) 318-1378
傳真：(03) 318-1378
法律顧問：永然法律事務所 李永然律師
北辰著作權事務所 蕭雄淋律師

行政院新聞局局版台業字第3595號 營利事業統一編號22759935

定價：220元

國家圖書館出版品預行編目資料

魯迅作品精選：1 吶喊(含阿Q正傳) 經典新版 / 魯迅著. -- 初版. -- 臺北市：風雲時代, 2017.01 面； 公分

ISBN 978-986-352-436-6（平裝）

857.63 105023504